U0909458

巴中友谊颂

哈立德·阿巴斯·阿萨迪　著　张世选　译

向中巴建交六十五周年献礼
1951—2016

人民文学出版社
PEOPLE'S LITERATURE PUBLISHING HOUSE

图书在版编目（CIP）数据

巴中友谊颂/（巴基）哈立德·阿巴斯著；张世选译. —北京：人民文学出版社，2016
ISBN 978-7-02-012239-4

Ⅰ. ①巴… Ⅱ. ①哈…②张… Ⅲ. ①诗集—巴基斯坦—现代 Ⅳ. ①I353.25

中国版本图书馆 CIP 数据核字(2016)第 295642 号

责任编辑 于 敏
责任印制 苏文强

出版发行 人民文学出版社
社 址 北京市朝内大街 166 号
邮政编码 100705
网 址 http://www.rw-cn.com

印 刷 三河市西华印务有限公司
经 销 全国新华书店等

字 数 20 千字
开 本 680 毫米×960 毫米 1/16
印 张 12.75
版 次 2016 年 12 月北京第 1 版
印 次 2016 年 12 月第 1 次印刷

书 号 978-7-02-012239-4
定 价 65.00 元

如有印装质量问题,请与本社图书销售中心调换。电话:010-65233595

中国华夏文化遗产基金会公益出品

اس کتاب کی اشاعت کا سہرا چینی ہوا شیا ثقافتی ورثہ فاونڈیشن کے سر ہے

献给巴基斯坦和中国人民

پاکستانی اور چینی عوام کے نام

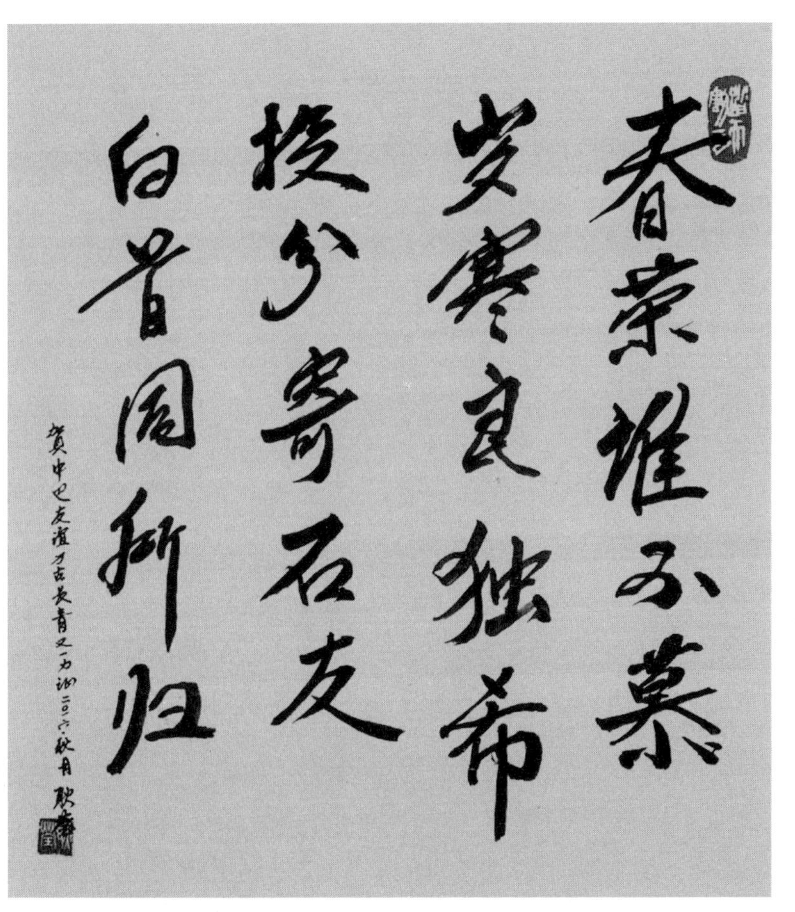

中国华夏文化遗产基金会创会会长耿莹为诗集题词

مادام گینگ کی تحریر کا ترجمہ

رنگ و بوئے فصلِ گل سے پیار ہے ہر فرد کو　　　وقتِ مشکل میں ہوا کرتے ہیں نادر ہم سفر
شوق و خو نے یار شی سے دل ملایا ہے مرا　　　ہم نشین و ہم قدم ہم تم رہیں گے عمر بھر

کتاب " پاک چین دوستی " چین پاک دوستی کے تا ابد قائم رہنے کا ایک اور منہ بولتا ثبوت ہے ۔ قدیم زمانے کے یہ چند مصرے بطورِ ہدیہ ء تہنیت پیشِ خدمت ہیں ۔

گینگ ینگ　　اکتوبر ۲۰۱۶ء

目录

前巴基斯坦驻华大使
马苏德·汗致译者的信

尊敬的张世选先生：

过年好！

谨以此邮件祝您身体健康，万事如意。

随信寄去旅居沙特阿拉伯的巴基斯坦诗人哈立德·阿巴斯·阿萨迪先生的乌尔都语诗集《巴中友谊颂》。该诗集由巴基斯坦驻吉达总领事阿卜杜尔·沙利克·汗转交于我。您应该记得沙利克·汗先生，他曾在北京担任巴基斯坦驻华公使至2009年。

作者创作该诗集是为了献礼中巴建交六十周年，他希望诗集能被译成中文以飨中国读者。望您不吝赐教，若能相助将此书译成中文，本人感激不尽。

盼即赐复。

顺颂春祺。

马苏德·汗

2012年1月31日

AMBASSADOR

EMBASSY OF PAKISTAN
BEIJING

No.1/1/2012

31 January 2012

My dear Mr. Zhang Shixuan,

Guo Nian Hao!

I hope my letter finds you in the best of health and spirits.

I am enclosing a poetry book *Pak Chin Dosti* compiled by Dr. Khalid Abbas Al-Asadi who resides in Saudi Arabia.

The book has been sent to us by Mr. Abdul Salik Khan, Consul General of Pakistan in Jeddah. You may recall, he was our Deputy Head of Mission in Beijing till 2009.

The author has published this book on the occasion of the 60th anniversary of the establishment of diplomatic relations between Pakistan and China. For the benefit of common Chinese people, he has suggested that the book may be translated into Chinese.

I would be grateful if you could go through the book and convey your valuable comments on the prospect of translating the book in Chinese.

I hope to hear from you soon and look forward to meeting you sometime soon.

With profound regards,

Yours sincerely,

(Masood Khan)

Mr. Zhang Shixuan

巴基斯坦驻华大使贺信

哈立德·阿巴斯·阿萨迪先生的卡塔*《巴中友谊颂》是一部高雅的文学著作。该书充分反映了牢不可破的巴中关系，无疑将向中国的文学爱好者打开一扇了解两国历史、政治、知识和文化生活的窗口。诗人在书中对巴中双边关系的礼赞值得称颂与效法。在中国，这本书的出版，毫无疑问是因为因迪哈布·阿拉姆**先生。由于他的翻译，此书的乌汉双语出版方成可能。因迪哈布·阿拉姆先生本人即是知识与文学的一个晚会，无数沉迷文学之人扑灯蛾般地萦回于其周围。

在文化层面上，巴中两国的关系要求两国的文学艺术工作者不断奋斗，以使这种关系在未来的岁月里更加深化。阿萨迪先生此作是在这方面迈出的积极的一步。我相信，

---

* 卡塔，乌尔都语的一种诗体，共四句，第二、四句押韵（多数卡塔首句也押韵），酷似汉语的绝句。

** 因迪哈布·阿拉姆，本书译者张世选的乌尔都语笔名的汉语译音。

他的这一文学作品，不但将飘香整个中国文学爱好者阶层，并将在中国乌尔都文学的花园中开花结果。我毫无保留地支持和赞赏阿萨迪先生和因迪哈布·阿拉姆先生的共同努力。

愿知识的创造者真主赐予两位先生手中之笔更多的力量，保佑巴中友谊之烛更加光芒四射。

巴基斯坦驻华大使

马苏德·哈立德

تقریظ

جناب ڈاکٹر خالد عباس الاسدی کی ''پاک چین دوستی'' ایک اعلیٰ ادبی تخلیق ہے جس نے چین اور پاکستان کے درمیان پائے جانے والے اٹوٹ رشتوں کو بھرپور انداز میں اُجاگر کیا ہے۔ اس تخلیق سے چین میں بسے ہوئے ادب پسند شائقین کو یقیناً دونوں ملکوں کی تاریخی، سیاسی، علمی اور ثقافتی زندگی کو سمجھنے کا موقع ملے گا۔ اس مجموعہِ قطعات میں شاعر نے دوطرفہ تعلقات کو جو ''ادبی خراج'' ادا کیا ہے وہ قابلِ تعریف وتقلید ہے۔ چین میں اس تصنیف کی پہچان بلاتردد جناب انتخاب عالم کی ذات ہے جن کی کاوشوں کی وجہ سے کتابِ ھذا چینی ترجمے کے ساتھ شائع ہوسکی۔ جناب انتخاب عالم کی ذاتِ گرامی خود ایک علم وادب کی انجمن ہے جس کے گرد اُردو کے لاتعداد متوالے مثلِ پروانہ محوِ طواف ہیں۔

ثقافتی سطح پر پاکستان اور چین کے درمیان پائے جانے والے تعلقات دونوں ممالک کے اہلِ علم وفن سے ایک ایسی سعیِ مسلسل کا تقاضہ کرتے ہیں کہ جس سے آنے والے دِنوں میں یہ تعلقات مزید گہرے اور عمیق ہوسکیں۔ جناب اسدی کی یہ تخلیق اس سلسلے میں ایک راست قدم ہے۔ مجھے اُمید ہے کہ ان کی اس ادبی تخلیق کی خوشبو پورے چین کے ادب فہم طبقے میں نہ صرف نفوذ کر جائے گی بلکہ چین کے گلستانِ ادب اردو میں نئے برگ وبر پیدا کرے گی۔

جناب اُسدی اور محترم انتخاب عالم اپنی اس مشترکہ کوشش کے لئے میری پوری تائید وحمائیت وتعریف کے مستحق ہیں۔ خالقِ علم وعرفاں ان دونوں اصحاب کے زورِ قلم میں مزید ترقی عطا فرمائے اور پاک چین دوستی کی شمع کو اور بھی رخشندہ ومنور کرے۔

مسعود خالد

سفیرِ پاکستان۔ بیجنگ

双语版序言

2011年是中国同巴基斯坦建交六十周年，也是中巴友好年。为了庆祝两国人民的这一共同节日，巴基斯坦著名诗人哈立德·阿巴斯·阿萨迪用巴基斯坦国语乌尔都语创作了六十首诗，热情歌颂巴中友谊。诗集的内容很广泛，涉及中国革命、建设、领导人、历史、文化、外交政策、巴中关系等方方面面。诗集出版后受到巴人民的热烈欢迎和赞赏，中国的乌尔都语专家并且自己也是乌尔都语诗人的张世选同志将诗集译成中文。国务院原副总理、第二任中国驻巴基斯坦大使耿飚的女儿，中国华夏文化遗产基金会会长、中巴友好协会副会长耿莹同志慷慨地承担了本书的出版费用。由于他们的共同努力，使这本书的汉乌双语版得以在中国出版发行，从而使中国人民能通过诗歌艺术，感受巴基斯坦人民对中国人民的深情厚谊。这是一件很有意义的事，可喜可贺。

“诗言志”。诗是人类表达自己情志的最古老、最基本的艺术形式。从远古的时代起，人类就用诗歌来抒发喜怒哀乐。巴基斯坦是一个年轻的国家，但其国土是个曾经孕育过人类四大古文明之一印度河文明的古老土地。另外，由于其独特的地理位置，这片土地曾是世界各种文明的交汇之地。巴基斯坦的文化，从世界多种文明中吸取了营养。巴基斯坦的国语乌尔都语，是南亚历史的产物，其中除了当地原来梵语和达罗毗荼语系统语汇外，还融汇了多种语言，特别是波斯、阿拉伯、突厥、英等语言的语汇。乌尔都语诗歌也因吸取了多种语言诗歌的营养和表达形式而成为一种高度发达的文学形式。阿萨迪在诗集中采取的表达形式就是来自波斯语诗歌的“卡塔”。这种诗歌形式酷似中国的“绝句”，一共才四句，短小精悍，格律严格，朗朗上口，易于背诵，因而深受群众的喜爱。在乌尔都语的发展史上产生过许多深受人民热爱的大诗人，像阿米尔·胡斯鲁、米尔、迦利布、哈利、伊克巴尔、乔希、费兹、艾赫默德·法拉兹、帕尔文·沙克尔，等等。他们的诗句广为流传，被人们在讲话和作文中广泛而频繁地引用。我在巴基斯坦工作和生活了多年，从留学生到大使，深感像中国一样，巴基斯坦也是一个名副其实的诗国。诗歌是巴人民喜闻乐见的表达心志和喜怒哀乐的文学形式，别具一格的诗会长盛不衰，在各种新的媒体和文学形式已经高度发达的今天，亦是如此。2001 年中巴庆祝建交五十周年时，我正任驻巴大使。忆起巴前驻华大使阿克拉姆·扎基先生曾在北京多次举行诗会，邀请我国乌尔都语界的朋友出席并朗诵诗歌，我也有幸被邀。受其启发，我也利用自己懂乌尔都语的优势，在巴文研院（相当于中国的作家协会）的协助下举办了一次诗会，结果大受欢迎。时任巴外长阿布杜尔·萨塔尔先生应邀作为主宾出席并讲话，内政部长海德尔先生也作为主宾出席，巴驻华大使霍哈尔先生闻讯也主动赶来参加，许多巴基斯坦著名诗人出席并朗诵自己的歌颂巴中友谊的诗作，我使馆懂乌尔都语的同志包括我自己在内，也朗诵了自己的乌尔都语诗作。巴媒体对这次诗会进行了广泛的报道，并给予了高度评价，有的报纸还发表了我的诗作。事后，巴文研院还把会上朗诵的诗歌编辑成书出版。巴基斯坦人民爱诗，也爱诗人，诗人在巴基斯坦的地位十分崇高。享有“东方诗人”美誉并倡导巴基斯坦立国思想的大诗人伊克巴尔更是特别受到尊崇。他的诞辰同国父真纳的诞辰一样，是巴基斯坦的法定节日。他的一联关于中国的诗“沉睡的中国人开始觉醒，喜马拉雅的山泉开始沸腾”，在巴几乎是家喻户晓的，我记不清曾有多少巴朋友对我朗诵过这一联诗。人们喜欢这联诗，津津乐道，并且为之感到骄傲。他们说这联诗表达了他们的先贤对中国人民的友好感情，并且早就预见到中国人民将很快站起来的美好前景。巴基斯坦人民爱用诗歌表达自己的情怀，因而在庆祝中巴建交六十周年的时候用诗歌赞美他们特别珍视的巴中友谊也就在情理之中了。

我在巴基斯坦多年的经历，使我深深地感到，由于两国政府和人民在捍卫国家领土主权和建设国家的斗争中，一贯相互同情、相互支持，两国之间已经结成了“全天候”的友谊，两国人民成了高度互信的朋友。巴朋友常常对我说，巴基斯坦内部有很多矛盾和分歧，但在同中国友好这一点上，全国上下、各党各派、各个阶层都是高度一致的。难怪两国领导人爱用“比山高、比海深、比蜜甜、比钢坚”这样美好的语言来赞颂中巴友谊。我在巴工作期间，特别是在任大使期间，读到过和收到过的赞颂巴中友谊的诗篇不计其数。因此，我认为阿萨迪的这本诗集既表达了他对中国人民的深情厚谊和对巴中友谊的赞美，传达了巴基斯坦人民的共同心声。这也是这本诗集在巴受到欢迎和好评的原因。

写到这里，我想我也应该对这本诗集的译者张世选同志作一简单介绍。他是我多年的朋友，从北京广播学院外语系乌尔都语专业毕业后，长期在外文局工作，任译审，并主持人民画报乌尔都语版的出版工作，其间曾到巴基斯坦伊斯兰堡语言学院进修，退休后在北京广播学院（现中国传媒大学）教授乌尔都语，现在又在北京外国语大学任乌尔都语客座教授，为培养中国的乌尔都语人才作了大量工作。本书译文的校对周袁同志就是他的高足，现为北京外国语大学乌尔都语专业的老师。张世选同志喜爱乌尔都语文学，特别是诗歌，从学习乌尔都语到用乌尔都语创作诗歌，并且经过不懈的努力，取得了可贺的成果。他的乌尔都语诗歌受到巴基斯坦人民的喜爱，1998 年巴文研院出版了他的乌尔都语诗歌集，他成了第一个用乌尔都语出版诗集的中国诗人。1999 年我出任驻巴基斯坦大使，前往文研院拜会其院长阿立夫先生时获赠一批该院出版的乌尔都语文学作品，其中就有张世选的诗集《痴情曲》。一个外国人，又是同巴极为友好的国家的人，热爱巴国语和文学，并且用巴国语创作出优美的诗歌，必然受到巴基斯坦这个诗国人民的热爱和尊敬，巴国内文学界曾多次邀请他访巴，为他举行诗会，巴国外侨民文学界也多次邀请他参加他们举行的文学活动。我在巴工作期间也有幸两次应邀出席过巴方为他举行的诗会活动，深知他在巴基斯坦受到的喜爱和尊敬，他在巴有很高的知名度，被巴人民称为“我们的诗人”。很多巴朋友都知道，中国有一位乌尔都语诗人，他的名字叫因迪哈布·阿拉姆(张世选的乌尔都语笔名,即“世选”的意思)。由于他为中巴友谊所作的贡献和他用乌尔都语创作的成就，他多次获得巴政府和文学团体的嘉奖。因此，我认为这本诗集由张世选同志翻译成中文是十分合适的。这是中国的乌尔都语诗人把巴基斯坦乌尔都语诗人的作品翻译成中文，中巴两位诗人的心是相通相印的。这是两国庆祝建交六十周年结出的硕果，也是两国文化交流的佳话。我希望并且相信，这本诗集的中文版，像她的乌尔都语版受到巴基斯坦人民的热烈欢迎一样，也会受到中国读者的热烈欢迎。

“路遥知马力，日久见人心”。中巴建交后六十年的历史风雨证明，两国是患难之交，是道义之交，两国的友谊已经在两国人民的心中深深扎根，已经升华为两国人民心中美好的诗章。我相信，在双方的共同努力下，这诗章将会愈写愈美好，愈写愈雄壮。中巴友谊万岁！

中国前驻巴基斯坦大使

陆树林

پیش لفظ

(چینی و اردو ایڈیشن کے لئے)

لوشولین، پاکستان میں تعینات سابق چینی سفیر

۲۰۱۱ ء میں چین اور پاکستان کے درمیان سفارتی تعلقات کے قیام کی ساٹھویں سالگرہ منائی گئی اور یہ سال چین پاک دوستی کا سال بھی قرار پایا۔ سالگرہ منانے اور چین پاک دوستی کو خراج ِتحسین پیش کرنے کے لیے مشہور پاکستانی شاعر جناب خالد عباس الاسدی نے اردو زبان میں ساٹھ قطعات کا مجموعہ ء کلام تخلیق کیا۔ قطعات کے موضوعات چینی انقلاب، تعمیر، قیادت، تاریخ، ثقافت، خارجہ پالیسی اور پاک چین تعلقات وغیرہ ہیں۔ قطعات کا یہ مجموعہ پاکستانی عوام میں بہت پسند کیا گیا۔ بعد میں چینی شاعر اور ماہرِ اردو جناب چانگ شی شوان نے چینی زبان میں کتاب کا ترجمہ کیا۔ محترمہ گینگ اینگ صاحبہ جو چین کے سابق نائب وزیر اعظم اور پاکستان میں مقیم دوسرے سفیر جناب گینگ بیاو مرحوم کی بیٹی، چینی ہوا شیا ثقافتی ورثہ فاؤنڈیشن کی سربراہ اور چین پاک دوستی ایسوسی ایشن کی نائب سربراہ ہیں، چین میں اس کتاب کی اشاعت کی کفالت کریں گی۔ ان تمام لوگوں کی مشترکہ کوششوں کی بدولت چینی عوام کو ان ساٹھ قطعات کے ذریعے پاکستانی شاعری سے لطف اندوز ہونے اور پاکستانی دوستوں کے دوستانہ جذبات محسوس کرنے کا موقع میسر آئیگا۔ چین میں اس کتاب کی اشاعت ایک لائق ِآفرین و تحسین امر جانفزا ہوگی۔

شاعری جذبات کی آئینہ دار ہے۔ سچ ہے کہ قدیم زمانے سے ہی انسان شاعری سے خوشی اور غم کا اظہار کرتے آئے ہیں۔ پاکستان کی سرزمین وادی ء سندھ کی تہذیب کا گہوارہ ہے جو دنیا کی چار سب سے پرانی تہذیبوں میں سے ایک ہے۔ خصوصی جغرافیائی محل ِوقوع کی حامل یہ سرزمین دنیا کی مختلف تہذیبوں کا سنگم رہی، اس لیے پاکستان کی ثقافت نے دنیا کی مختلف ثقافتوں سے غذائیت حاصل کرکے نشوونما پائی ہے۔ پاکستان کی قومی زبان اردو برِ صغیر کی تاریخ کی پیداوار ہے۔ یہ مختلف زبانوں کے میل جول سے وجود میں آئی ہے، جس میں سنسکرت اور دراوڑی جیسی مقامی زبانوں اور فارسی، عربی، ترکی اور انگریزی کے الفاظ و تراکیب شامل ہیں۔ اردو شاعری پر بھی ان زبانوں کی شاعری کے اثرات پڑے ہیں جن کی بدولت یہ ایک انتہائی ترقی یافتہ صنف ِادب بنی ہے۔ اسدی صاحب نے اپنے مذکورہ بالا مجموعہ ء کلام میں فارسی صنف ِشاعری قطعے کی طرز اختیار کی ہے جو چینی شاعری کی ایک قدیم صنف "جوئے

جو" سے مشابہ ہے۔ایک قطعے میں چار مصرے ہیں،جو سلیس ، رواں اور سریلے ہیں، اس لیے عام لوگوں میں بہت مقبول ہیں ۔اردو کی تاریخ میں ہر دلعزیز ممتاز شاعروں کی ایک پوری کہکشاں ہے جن میں امیر خسرو، میر ،غالب، حالی، اقبال،جوش، فیض، احمد فراز اور پروین شاکر وغیرہ شامل ہیں۔ میں نے اپنی زندگی کے کئی عشرے پاکستان میں بسر کیے ہیں، وہیں اردو پڑھی اور وہیں مقیم چینی سفارت خانے میں سیکرٹری سے سفیر تک کی حیثیت سے کام کیا ۔ مجھے لگتا ہے کہ پاکستان چین کی طرح شاعری کا ملک ہے۔ اگرچہ عہدِ حاضر میں گوناگوں ذرائع ابلاغ اور اور نئ اصناف ادب نے بڑی ترقی کی ہے ، مگر لوگ حسبِ ماضی شاعری سے اپنے احساسات وجذبات کا اظہار کرنا پسند کرتے ہیں۔

۲۰۰۱ء میں چین اور پاکستان کے درمیان سفارتی تعلقات کے قیام کی پچاسویں سالگرہ منائی گئی۔ اس سال میں پاکستان میں بحیثیتِ سفیر تعینات تھا۔اس وقت مجھے یاد آیاکہ جب جناب اکرم ذکی پاکستانی سفیر کی حیثیت سے چین میں مقیم تھے تو وہ اپنے سفارت خانے میں محافلِ مشاعرہ کا اہتمام کیا کرتے تھے جن میں چین کے اردو دانوں کو شرکت کے لیے مدعو کیا کرتے تھے ۔ایک دفعہ مجھے بھی شرکت کی دعوت نصیب ہوئی ۔ اب ان کی پیروی کرتے ہوئے میں نے بھی اکیڈمی ادبیات پاکستان کی مدد سے اسلام آباد میں مقیم چینی سفارت خانے میں ایک مشاعرے کا اہتمام کیا۔ مشاعرے میں پاکستانی وزیر خارجہ عبدالستار صاحب اور وزیر خزانہ حیدر صاحب مہمان خصوصی کے طور پر شریک ہوئے ۔ اول الذکر نے تقریر بھی کی ۔ جب چین میں تعینات پاکستانی سفیر کھوکھر صاحب کو خبر ملی تو وہ بھی از خود تشریف لائے ۔ اس موقع پر پاکستانی شاعروں نے اپنے اپنے کلام سے چین پاک دوستی کو سراہا۔ چینی سفارت خانے کے اردو جاننے والے ساتھیوں اور خود میں نے بھی اپنا کلام سنایا ۔اس مشاعرے کو پاکستانی میڈیا کی طرف سے خاصی پذیرائی ملی ۔بعض مقامی اخباروں نے میرا کلام شائع کیا اور بعد میں اکیڈمی ادبیات نے مشاعرے میں پیش کی گئی تمام نظموں اور غزلوں کو ایک مجموعے کی شکل میں شائع کیا۔

پاکستانی عوام نہ صرف شاعری سے، بلکہ شاعروں سے بھی پیار کرتے ہیں۔ شاعرِ مشرق علامہ اقبال کو جنھوں نے ہندوستان میں مسلمانوں کی خود مختار مملکت قائم کرنے کا تصور پیش کیا تھا ، پاکستان میں انتہائی بلند مقام حاصل ہے۔ قائدِاعظم محمد علی جناح کی طرح، ان کے یومِ پیدائش کو بھی قومی تہوار قرار دیا گیا ہے۔ اقبال کا ایک شعر یوں ہے کہ : "گراں خواب چینی سنبھلنے لگے ، ہمالہ کے چشمے ابلنے لگے"۔ یہ شعر پاکستان کے ہر کونے میں گونجتا ہے اور پاکستانی دوستوں نے بے شمار مرتبہ میرے سامنے اسے پڑھا ہے۔ لوگ یہ شعر سناتے ہیں ،پسند کرتے ہیں اور اس پر فخر کرتے

ہیں، کیونکہ ان کے خیال میں اس شعر کی بدولت ان کے مایہ ءناز قومی شاعر و حکیم موصوف نے چین کے لیے اپنے دلی جذبات کا اظہار کیا ہے اور چین کے روشن مستقبل کی پیش گوئی کی ہے۔ چونکہ اہل پاکستان شاعری سے اپنے جذبات کا اظہار کرتے ہیں، اس لیے چین پاک سفارتی تعلقات کی ۶۰ویں سالگرہ کے موقع پر بھی پاک چین دوستی کو خراج تحسین پیش کرنے کے لیے شاعری کو ہی ذریعہ ءاظہار بنایا گیا۔

پاکستان میں متعدد برس گزارنے کے بعد میں نے یہ بات شدت سے محوس کی ہے کہ چین اور پاکستان کی حکومتوں اور عوام نے ریاستی اقتدارِ اعلیٰ کے تحفظ اور ملک کی تعمیر میں ہمیشہ سے ایک دوسرے کی بھرپور حمایت کی ہے ۔ یہی وجہ ہے کہ آج دونوں ملکوں کے درمیان باہمی اعتماد اور سدا بہار دوستی قائم ہے۔ پاکستانی دوست اکثر مجھ سے کہا کرتے ہیں کہ اگرچہ پاکستان کے اندر مختلف امور پر تضادات اور اختلافات موجود ہیں، لیکن تمام سیاسی پارٹیاں اور تمام طبقات متفقہ طور پر پاک چین دوستی کے حامی اور خواہاں ہیں۔ چین اور پاکستان کے رہنما ہمیشہ "پہاڑ سے اونچی، سمندر سے گہری، شہد سے میٹھی اور فولاد سے مضبوط" جیسے الفاظ سے اس دوستی کو سراہتے ہیں۔ جب میں پاکستان میں تھا، خاص طور پر جب عہدہ ءسفیر پر فائز تھا، تو اس وقت میں نے اس دوستی کے موضوع پر بے شمار کلام پڑھے تھے ۔ ڈاکٹر خالد عباس نے اس کتاب میں ایک طرف چینی عوام سے ان کی اپنی گہری محبت و الفت کا اظہار کرتے ہوئے پاک چین دوستی کو خراجِ تحسین پیش کیا ہے تو دوسری طرف تمام پاکستانی عوام کی صدائے دل کی بھی ترجمانی کی ہے ۔ غالباً یہی پاکستان میں اس کتاب کی مقبولیت کی وجہ ہے۔

یہاں میں اس کتاب کے مترجم اور اپنے پرانے دوست جناب چانگ شی شوان کا مختصراً تعارف کرانا چاہتا ہوں۔ جناب چانگ شی شوان نے بیجنگ براڈکاسٹنگ انسٹی ٹیوٹ میں اردو زبان کی تعلیم حاصل کی ۔انہوں نے طویل عرصے تک ماہنامے "چین باتصویر" کے اردو ایڈیشن کے ایڈیٹر اور چیف ایڈیٹر کے طور پر خدمات انجام دیں اور کام کے دوران پاکستان کی نمل یونیورسٹی میں ایڈوانسڈ اردو کا کورس کیا ۔ ریٹائرمنٹ کے بعد وہ بیجنگ براڈکاسٹنگ انسٹی ٹیوٹ اور بیجنگ فارن اسٹڈیز یونیورسٹی میں اردو زبان کی تدریس سے وابستہ رہے اور اردو پڑھنے والے بہت سے باصلاحیت افراد کو پروان چڑھایا۔ اس کتاب کی نظرثانی کے فرائض انجام دینے والی محترمہ چویوان صاحبہ انہی کی شاگرد ہیں اور اس وقت بیجنگ فارن اسٹڈیز یونیورسٹی کے شعبہ ءاردو کی ٹیچر ہیں۔ جناب چانگ شی شوان جو پاکستانیوں میں انتخاب عالم کے نام سے مشہور ہیں، اردو ادب خاص کر شاعری کے بڑے شوقین ہیں۔ ان کا شعری مجموعہ "گل بانگ وفا" جسے ۱۹۹۸ء

میں اکیڈمی ادبیات پاکستان نے شائع کیا تھا ،پاکستان میں بہت پسند کیا جاتا ہے ۔وہ پہلا چینی شاعر ہے جس کا اردو شعری مجموعہ پاکستان میں شائع ہوا ہو ۔ پاکستان اور دنیا کے دوسرے ملکوں میں منعقد ہونے والے اردو مشاعروں میں اکثر ان کو مدعو کیا جاتا ہے ۔ اہل پاکستان ان کی بہت عزت کرتے ہیں اور انہیں پیار سے "ہمارے شاعر" کہتے ہیں ۔ سب جانتے ہیں کہ چین میں ایک شاعر جن کا تخلص انتخاب عالم ہے ، اردو میں شاعری کرتے ہیں ۔پاک چین دوستی کے فروغ کے لیے ان کی خدمات اور اردو ادب کی تخلیق میں حاصل ہونے والی کامیابی کے اعتراف میں حکومت پاکستان اور سمندر پار پاکستانیوں کی ادبی تنظیموں نے ان کو مختلف انعامات سے نوازا ہے ۔ اس لیے اس کتاب کا ترجمہ کرنے کے لیے چانگ شی شوان بہترین انتخاب ہے ۔دونوں ملکوں کے دو شاعروں کے جذبے ایک جیسے ہیں ۔ ان کی مشترکہ کوششوں کی بدولت یہ کتاب چینی اور اردو دونوں زبانوں میں چھپ کر منظر عام پر آرہی ہے ۔ یہ واقعہ بذات خود نہ صرف چین پاک دوستی کے شجر میں لگا ہوا ایک ثمر عظیم ہے ،بلکہ دونوں ملکوں کے درمیان ثقافتی تبادلے کی ایک شاندار مثال بھی ہے ۔ مجھے یقین ہے کہ یہ کتاب چینی قارئین کو بھی اتنی ہی پسند آئے گی جتنی پاکستانی قارئین کو۔

"لمبا سفر گھوڑے کی طاقت آزماتا ہے اور طویل وقت انسان کا دل پرکھتا ہے"۔ ساٹھ برسوں کی تاریخ سے ظاہر ہوتا ہے کہ چین پاک دوستی جو انصاف کی بنیاد پر استوار اور ہر طرح کے طوفان باد وباراں کی آزمائش پر پوری اتری ہے ، دونوں ملکوں کے عوام کے دلوں میں مضبوطی سے جڑ پکڑ چکی ہے ۔ اور اب تو یہ دوستی ترقی کی طویل منازل طے کر کے شاعری کی دل آویز شکل اختیار کر گئی ہے ۔ مجھے امید ہے کہ فریقین کی مشترکہ کوششوں کی بدولت یہ شاعری مزید نکھر جائے گی ۔ چین پاک دوستی زندہ باد !

原乌尔都语版前言

中华人民共和国是位于亚洲东部、太平洋西岸的一个独立国家。1949年，中国以牺牲千千万万生命的代价斩断了卡着自己脖颈的压迫魔爪，继而踏上了创新与发展的快车道，时至今日已跻身发达国家的行列（原文如此——译者）。中华文明是世界上最古老的文明之一，那里有人类生活的五千年历史的证据，有许多古代文明的宝库和地下文物。

我们与中国的精神、知识与历史的联系发源于真主最后的使者穆罕默德的圣训："学问，虽远在中国，亦当求之。"圣训如此，我们为什么不面向中国！

伟大的中国从很多方面征服了我们的心——我们到了中国好像到了亲人家中。我们的民族诗人大学者伊克巴尔曾经写道：

沉睡的中国人开始觉醒

喜马拉雅的山泉已经沸腾

中国的苏醒使超级大国不再有恃无恐。我们的语言中有一句成语“一日千里”,好像这个成语是看了中国在经济、技术、科学上的成就而形成的。在今天的世界上，中国的发明和产品比比皆是。从月球上就能看见的中国长城是中国人的毅力与献身精神的果实。中国是捍卫全世界所有人的基本权利的旗手。她没有统治别国、霸占世界的贪欲。中国的原则是：人和人的尊严至高无上。

中国是巴基斯坦值得自豪的邻邦和值得信赖的朋友。自1965年以来她在每个关键时刻都向我们伸出了援手。

我要非常高兴地说：旅居麦地那的哈立德·阿巴斯·阿萨迪以非常动人的诗句讴歌了巴中友谊，我们十分喜欢他表达崇敬与友爱的这种方式。

这不仅是抒情诗，诗人用短小洗练的诗句讲述了中国的历史、地理、自然风貌、文化、政治、政策和国际关系，非常成功地展示了中国人的生活礼仪、为人准则、思想、多谋、宽容，他们的人道主义和对异教的尊重，他们的聪慧、机智、严谨和远见卓识。这是一个敏于探索而慎于言语的民族——不断进取而谦虚谨慎，平易近人而又警觉并深谙时势。

事实上，哈立德·阿巴斯·阿萨迪在这本书中，不仅把自己的感情串联成了一个花环，而且充分代表了一亿八千万巴基斯坦人民的感情。为了这种无比高尚的感情我向作者表示衷心祝贺，并祝愿：

巴中友谊世代相传，千秋永固!

布士拉·拉赫曼*

2011年10月22日于拉合尔加登唐

* 布士拉·拉赫曼，巴基斯坦著名女作家。——译者注

پیش لفظ

عوامی جمہوریہ چین، یوریشیائی برِّاعظم کے جنوب مشرق میں بحرالکاہل کے مغربی ساحل پر واقع ایک خود مختار اَور خودکفیل ملک ہے۔ ۱۹۴۹ء میں چین نے اپنی شہ رگ پر موجود پنجۂ اِستبداد کو لاکھوں جانوں کی قربانی دے کر مروڑ پھینکا اَور پھر اِیجادات و اِرتقا کی ڈگر پر اِس تیزی سے روانہ ہوا کہ آج اِس کا شمار ترقی یافتہ ملکوں کی صفِ اوّل میں ہوتا ہے۔ چینی تہذیب، دُنیا کی قدیم ترین تہذیب ہے: اِنسانی زِندگی کی چار ہزار سالہ تاریخ کے شواہد یہاں موجود ہیں اَور بہت سی قدیم ثقافتوں کے خزینے اَور دفینے یہاں پائے جاتے ہیں۔

لیکن چین کے ساتھ ہمارے رُوحانی، وِجدانی اَور تاریخی رِشتے کا ماخذ وُہ حدیثِ مبارکہ ہے جس میں ہمارے ہادیِ برحق پیغمبرِ آخرُ الزماں حضرت محمد مصطفیٰؐ نے فرما دیا تھا کہ علم حاصل کرو خواہ چین جانا پڑے ــــ پھر چین کی طرف رُخ کیوں نہ ہو!

عظیم چین نے کئی حوالوں سے ہمارے دِل میں گھر کر رکھا ہے ــــ اَور ہم چین جا کر یُوں محسُوس کرتے ہیں جیسے کسی قریبی عزیز کے گھر آ گئے ہوں۔ دُوسری جنگِ عظیم کے بعد ہمارے قومی شاعر نے کہا تھا:

گراں بار چینی سنبھلنے لگے ہمالہ کے چشمے اُبلنے لگے

چینی یُوں سنبھلے کہ دُنیا کی سُپر پاورز کو سنبھالنے کے قابل بن گئے۔ ہماری زبان میں ایک محاورہ ہے، دِن دُوگنی رات چوگنی ترقی ــــ یُوں لگتا ہے، یہ محاورہ چین کی علمی فنّی اَور سائنسی فتوحات کو دیکھ کر بنایا گیا۔ آج عالمی سطح پر چین کی مصنوعات و اِیجادات کی کھپت عام ہے۔ دیوارِ چین، جسے چاند سے بھی دیکھا جا سکتا ہے، چینیوں کی مستقل مزاجی سچّائی محنت اَور جاں فشانی کا ثمرہ ہے۔ چین دُنیا بھر کے اِنسانوں کے بنیادی حقوق کا علَم بردار ہے۔ اِسے نہ ہوسِ حکمرانی ہے، نہ جنونِ جہاں بانی ــــ چین کے سُرخ اِنقلاب کا مطلعِ اوّل یہ ہے

کہ اِنسان اَور اِس کی عزّتِ نفس اتّم ہے۔

پاکستان کے لیے چین ایک قابلِ فخر ہمسایہ اَور ایک قابلِ اعتماد دوست ہے۔ ۱۹۶۵ء سے لے کر اَب تک اِس نے ہر موڑ پر ہماری طرف ہاتھ بڑھایا۔

مجھے یہ لکھتے ہوئے اِنتہائی مَسرّت محسُوس ہو رہی ہے کہ مدینہ منوّرہ میں مقیم ڈاکٹر خالد عباس اَلاسدی نے پاک چین دوستی کو نہایت دِلکش پیرایے میں نظم کیا ہے ـــــ عقیدت اَور محبّت کے اِظہار کا یہ انوکھا اَنداز مجھے بہت بھلا لگا ہے۔

یہ محض شاعِری نہیں، چھوٹے چھوٹے مصرعوں میں شاعِر نے چین کی تاریخ، جغرافیے، ثقافت، فطرت، سیاسی پالیسیوں اَور بینُ الاقوامی روابط کو بیان کر دیا ہے۔ چینیوں کے آدابِ زِندگی، تدبّر، تفکّر، تحمل؛ اُن کے آدابِ بندگی اَور اِنسانیت اَور دُوسرے مذاہب کے احترام؛ اُن کی دانائی، دُور اَندیشی، اَور اُن کی سنجیدگی اَور معاملہ فہمی کو بڑی خوبصورتی سے قطعات میں سمویا ہے۔ یہ وہ قوم ہے جو گرم دمِ جستجو اَور نرم دمِ گفتگو نظر آتی ہے ـــــ رواں دواں بھی، منکسر بھی، ملنسار بھی، ہوشیار بھی اَور حالاتِ حاضرہ سے خبردار بھی۔

حقیقت یہ ہے کہ ڈاکٹر خالد عباس اَلاسدی نے اِس کتاب میں نہ صرف اپنے جذبات کی مالا پروئی ہے بلکہ پاکستان کے اٹھارہ ۱۸ کروڑ عوام کے جذبات کی بھرپور نمائندگی بھی کر دی ہے۔ اِس بے مثال جذبے کے لیے میں اِس کتاب کے مصنف کو بے حد مبارکباد پیش کرتی ہوں اَور دُعا گو ہوں کہ:

پاک چین دوستی ـــــ جنم جنم، قرن قرن ـــــ زِندہ و پائندہ باد!

بشریٰ رحمٰن

وطن دوست

گارڈن ٹاؤن، لاہور

۲۲ / اکتوبر ۲۰۱۱ء

穆圣的命令

众友论求知，
君道“中国去”。*
她是一学校，
呼童学知识。
她是一花园，
学问遍绿地。

* 圣训：“学问，虽远在中国，亦当求之。”

سرورِ کونینؐ کا فرمان

تذکرہ علم کا، اصحابؓ میں جب آیا تھا
چین تک جانا ضرور، آپؐ نے فرمایا تھا
چین بچّوں کو بلاتا ہے برائے دانش
سبزۂ علم ہی اِس باغ کا سرمایہ تھا

{علم حاصِل کرو، چاہے چین جانا پڑے (حدیثِ نبویؐ)}

毛泽东

——赞中国革命的伟大领袖的鼓舞人心的领导

谁人堪比毛泽东？
皓月一轮悬夜空；
华夏八方风雨骤，
银光罩处征途明。

ماؤزے تنگ

ماؤزے تنگ کی کہاں ہے مثال
مطلعِ چین پر ہے جیسے ہلال
سامنا گرچہ تھا مصائب کا
دسترس میں رہے ہیں ماہ وسال

(انقلابِ چین کے عظیم رہنما کی ولولہ انگیز قیادت کو خراجِ تحسین)

长征*

道路崎岖风雨骤，
英勇将士行军急；
翻山涉水战艰险，
克镇攻关不可敌。

* 1934年—1935年间，为北上抗日，在毛泽东领导下，红军战胜敌军围追堵截和恶劣的自然环境，自江西抵达陕北，行程两万五千里。

لانگ مارچ

تھے پہاڑی راستے اور راہ میں طوفاں بھی تھے
ہر طرف بے خوف اترتے جا رہی تھی، سُرخ فوج
ہر مصیبت کاٹتے اور دشت و دریا پاٹتے
ہر علاقہ فتح کرتے جا رہی تھی سُرخ فوج

(ماؤزے تنگ کی قیادت میں دشمن کو مار بھگاتی ہُوئی سُرخ فوج)

红书*

宝库满盈智与谋，
心灵深处敞窗户；
尊严赐予全华夏，
原本红书是圣书。

* 指《毛泽东全集》，因封皮为红色，故作者称之为“红书”。——译者注

لال کتاب

حکمت و دانش کا ہے خزینہ لال کتاب
کُھلتا ہُوا ذہنوں میں دریچہ لال کتاب
جگ میں معزّز اِس سے ہوئے ہیں چین کے لوگ
ماؤ کی تخلیق ــــ صحیفہ لال کتاب

(عظیم چینی قائد ماؤزے تنگ کے اَقوال پر مشتمل سُرخ کتاب)

巴依巴依*

——缅怀巴中友谊的伟大奠基人

毛泽东、周恩来
多么尊贵，
为世界 祈和平
真心实意，
用心血 共写成
这样历史：
巴国人**、中国人
巴依巴依。

* 巴依巴依：乌尔都语“互为兄弟”的音译。——译者注
** 巴国人：巴基斯坦人。——译者注

بھائی بھائی

کتنے معزّز ماؤزے تنگ اوِر چوُاین لائی
دُنیا بھر میں امن کے ہیَں یہ سچّے داعی
اپنے لہُو سے دونوں نے تاریخ یہ لکّھی
پاکستانی اوِر چینی ہیَں بھائی بھائی

(پاک چین دوستی کا تاریخی رِشتہ)

人优先

——赞中国革命的令人深思的人道主义哲学

中国革命目标明，
革命哲学人优先；
压迫规章全废弃，
中国观点尽昭然。

اِنسان ـــــ سب سے پہلے

اِنقلابِ چین کا عِندیہ یہی تو ہے
سب سے پہلے اِنس و جاں فلسفہ یہی تو ہے
ظلم اَور جبر سے پاک ہوں نظام سب
چینیوں کا برملا نظریہ یہی تو ہے

(چینی اِنقلاب کا فکر انگیز، اِنسانیت نواز فلسفہ)

中国

——要去就去中国 *

多么壮美，多么绚丽！
神州风光多么醉人！
我爱华夏的每城每村，
中国人民是我的瞳仁。

* “要去就去中国”是巴基斯坦已故诗人、文学家伊宾·伊沙访华游记的书名。该书在巴基斯坦颇有影响。——译者注

ملکِ چین

کس درجہ خوش جمال ہیں، خوش رنگ کس قدر
منظر ہیں دلفریب ، مقاماتِ چین کے
ہر شہر، ہر گلی ہے مجھے چین کی عزیز
آنکھوں کی روشنی ہیں مکیں اِس زمین کے

(چلتے ہو تو چین کو چلیے)

解放的硕果

解放的硕果
结满神州大地，
长刺的荒野
绽放出了玫瑰，
晨光驱散了
监狱的黑暗，
太阳照亮了
每一颗沙砾。

قندیلِ آفتاب

آزادی کے ثمر سے ہُوا چین فیض یاب
کانٹوں بھری زمین پہ کِھلنے لگے گلاب
زِنداں کی تیرگی پہ ہے یلغار صبح کی
ذرّوں کو بھی عطا ہُوئی قندیلِ آفتاب

(آزادی کے ثمرات)

华夏的泥土

中国人毫无傲气
但是很有骨气，
今天欢乐的鼓声
响彻神州大地，
他们自己创造着
自己的命运，
华夏的泥土不做
乞讨的钵盂。

چین کی مٹّی

ہَیں جری لیکن کِیا ہے ترک اُونچا بول آج
سَرزمینِ چین پر بجتے ہیں شاداں ڈھول آج
اَپنی تقدیر اَپنے ہاتھوں سے بنائیں اہلِ چین
چین کی مٹّی سے بنتے ہی نہیں کشکول آج

(محنت کش چینی عوام کا جذبۂ خود اِنحصاری)

自力更生

自尊自爱中国人，
大事小情靠自身；
从不求怜伸乞手，
辛劳不厌反而亲。

کشکول

خود پہ کرتے ہیں اِنحصار بہت
چین کے لوگ با وَقار بہت
ہاتھ پھیلانا اِن کے بس میں کہاں
ہے مشقّت سے اِن کو پیار بہت

(چینی ـــــ ایک باوَقار قوم)

正义与平等

——赞以正义与平等为基础的中国人生制度

神州万物人至尊，
公平正义不出售；
获得地位不凭力，
欲享果实须奋斗。

عَدل و مُساوات

بکتے نہیں ہیں عَدل و مُساوات چین میں
اِنسان کے عظیم ہیں درجات، چین میں
طاقت کے زور پر نہیں ملتا وہاں مقام
مشروط کاوِشوں سے ہیں ثمرات چین میں

(عَدل و مُساوات پر مبنی چینی نظامِ حیات)

中国出口货物

——赞不出口压迫的中国外交政策

华夏传统甚特殊，
国家领导善“发明”；
神州货物八方送，
压迫不藏礼品中。

برآمداتِ چین

منفرد ہے چین اپنی بیشتر عادات میں
مستند اِس کی قیادت بابِ ایجادات میں
بھیجتا ہے ہر طرف جو کچھ بناتا ہے، مگر
ظلم تو شامل نہیں ہے بے ریا سوغات میں

(چینی خارجہ پالیسی، جس کے تحت ظلم برآمد نہیں ہوتا)

学校 *

——中国观念的特点之一是劳动伟大，
以劳动为需要和快乐

请教中国何为乐，
学习智谋与方略；
随其官员进学校，
共听“劳动伟大”课。

* “学校”应指中国社会或生产单位。——译者注

درس گاہ

آؤ، عظیم چین سے بہجت کا درس لیں
یعنی کہ ہم تدبّر و حکمت کا درس لیں
شانہ بشانہ چل کے فقیہانِ چین کے
محنت کی درسگاہ سے عظمت کا درس لیں

(چین کا طرّہ اِمتیاز ـــــ محنت میں عظمت)

长城（一）

万里长城
是建设精神的标志，
人民团结
是伟大力量的基石，
蒙其荫庇
国人安享太平，
见其巍影
敌人魄散魂飞。

جذبۂ تعمیر

دیوارِ چین جذبۂ تعمیر کا نشاں
یکجہتیِ عوام کی طاقت کی ہے اَساس
سائے میں اِس کے کرتے ہیں آرام اہلِ چین
اُڑتے ہیں، ہر عدُو کے اِسے دیکھ کر، حواس

(عظیم دیوارِ چین جو چاند سے نظر آتی ہے)

长城（二）

长城建筑者
何等伟大！
贻赠后来人
尊严光荣，
血泪浇铸成
高墙根基，
苍天亦乐见
中国水平。*

* 长城是从月球上看得见的人工地球奇观。

دیوارِ چین

عظیم لوگ تھے دیوارِ چین کے معمار
وہ اپنے بعد کی نسلوں کو دے گئے ہیں وقار
لہُو سے بھرتے رہے ہیں فصیل کی بنیاد
فلک نے بھی تو سراہا ہے چین کا معیار

(خلا سے نظر آنے والا عجوبہ)

时代之缰

血泡盈足茧满手，
中国伟大可证明；
曾经百载长眠人，
时代之缰握手中。[*]

---

* 伟大的劳动者主宰沉浮。

زمانے کی باگ ڈور

چٹان ہاتھ ہیں اور پاؤں چھالے چھالے ہیں
عظیم چین کے کیا معتبر حوالے ہیں!
جو سو رہے تھے بڑی گہری نیند برسوں سے
وہ باگ ڈور زمانے کی اَب سنبھالے ہیں

(محنت کی عظمت؛ زمانے پر حکومت)

伟大

——奋斗不辍，终得善果

中华民族
一甲子不眠，
辛苦播入
田野的胸膛，
收获善果
闪耀着伟大，
如此伟大
全世界无双。

عظمت

ساٹھ برس ہونے کو آئے چینی قوم نہ سوئی
جاگتے کھیتوں کے سینوں میں اِس نے محنت بوئی
محنت کی برکات نے اِس کو بخشی ہے وُہ عظمت
دُنیا بھر میں کہیں نہیں ہے اِس کا ثانی کوئی

(مسلسل محنت کی برکات)

巴中外交合作

问题涉及西藏
还是关系台湾，
巴基斯坦定是
中国首席代言；
两国永远谴责
任何侵略行径，
情况千变万化
双方共执一见。

مسئلہ کوئی بھی ہو!

مسئلہ تبّت کا ہو یا مسئلۂ تائیوان
چین کا ہوتا ہے پاکستان پہلے ترجمان
دونوں کرتے ہیں مذمّت جارحیّت کی مدام
بے گماں ملتے ہیں ہر عالَم میں دونوں کے بیان

(پاک چین اشتراکِ فکر و عمل)

中国传统

——赞以真理和正义为基础的中国外交

中国领导
是真理的辩护士，
中华民族
是被压迫者的靠山，
给正义之灯加油
是中国的光荣传统，
无论在克什米尔
还是越南、巴勒斯坦。

چین کی روایت

سچّائی کی وکیل قیادت ہے چین کی
مظلوم کے لیے ہی حمایت ہے چین کی
کشمیر ہو یا اَرضِ فلسطیں کہ ویت نام
سچ کا دِیا جلانا' روایت ہے چین کی

(سچ پر مبنی چینی خارجہ پالیسی)

六十春

——牢不可破的巴中友谊经受了六十年风风雨雨的考验

伴君共度六十春，
厄运当头总慰心，
有难必帮真好友，
苦行路上似树阴。*

* 巴基斯坦日照强烈，人们厌烈日而喜阴凉。——译者注

ساٹھ سال

یہ ساٹھ سال دِلاسا تھے ہر مصیبت کا
سکوں کے پیڑ بنے دُکھ بھری مَسافت میں
یہ سال ساتھ گزارے ہیں اچھّے ساتھی کے
جو کام آتا ہے ہر لمحۂ شَقاوَت میں

(آزمائشوں میں آزمائی ہُوئی مضبوط پاک چین دوستی)

吾曹

——赞伟大中国的榜样作用

吾曹命似陨天星，
游在无垠黑暗中，
幸有友邦火炬光，
不能自亮亦觉明。

ہم

بیکراں تیرگی کے شِناور تھے ہم
ٹوٹے تاروں کا جیسے مقدّر تھے ہم
چین کی دوستی سے ملی وُہ چمک
بجھتے حالات میں بھی منوّر تھے ہم

(عظیم چین کا مثالی کِردار)

祝贺

——写于巴中建交六十周年之际

祝贺友谊多吉祥！

祝贺友人常欢乐！

祝贺友情美纽带，

天长地久永不破！

مبارک ہو!

ہمدمو! دوستی مبارک ہو
یہ نئی سرخوشی مبارک ہو
دوستی کے عظیم رِشتے کو
حشر تک زِندگی مبارک ہو

(پاک چین دوستی کے ساٹھ سال مکمل ہونے پر)

瓜德尔

——观中国援建的瓜德尔港有感

以友善之邦的旗帜为帆，
希望的船队来自华夏海岸，
瓜德尔一跃成为海滨巨富，
告别了艰难岁月的所有抱怨。

گوادر

چین کے ساحل سے آئے وفد اِمکانات کے
بادباں جن کے ہیں پرچمِ اَرضِ احسانات کے
کر دیا شہرِ گوادر کو سمندر کا اَمیر
سارے شکوے مٹ گئے ہیں کھُردرے حالات کے

(چین کی معاونت سے گوادر بندرگاہ کی تعمیر)

丝绸之路

——丝绸之路是巴中两国人民心与心的纽带

走过丝绸之路的每个商旅，
都讲一句饱含深情厚谊的话：
目的地是中国还是巴基斯坦，
主人都敞开心扉与双臂迎驾。

ریشم

ریشم کے راستوں پہ چلے ہیں جو کارواں
سب بولتے ہیں مہر و محبّت کی اِک زباں
منزل ہو اِن کی چین یا دامانِ پاک ہو
بانہوں کو وا کیے ہیں کھڑے اِن کے میزباں

(شاہراہِ ریشم — چینی پاکستانی عوام کا رابطہ)

塔克西拉·卡木拉*

塔克西拉卡木拉，
中国援助见真情；
国防力量更强大，
百业千行士气增。

* 塔克西拉和卡木拉是巴基斯坦的两个地方，这里有中国援建的工厂。

طاقت

ٹیکسلا کا کمپلیکس اوِر کامرہ
چین کے احسان ہر جا بے ریا
عسکری قوّت کو طاقت بخش دی
ہر اِدارے کا بڑھایا حوصلہ

(چین کے احسانات)

友谊的芳香

每有客从华夏来，
村村镇镇洒馨香；
将心装在花瓶里，
带去胸中一友邦。

رُوحِ دوستی

پاکستان میں اہلِ چین جب آتے ہیں
اِس کے قریے قریے کو مہکاتے ہیں
اپنا دِل رکھ جاتے ہیں گل دانوں میں
پاکستان کو سینوں میں لے جاتے ہیں

(مقدّس جذبۂ دوستی کی خُوشبُو)

家里人

爱绳牵着两国心，
一廊连着两家门；
那边来人这边迎，
宾主都是家里人。

صاحبِ خانہ

سِلے ہیں سلکِ محبّت سے چین و پاکستان
گھروں کے بیچ ہے دونوں کا ایک ہی دالان
اُدھر سے آئیں اِدھر کو تو میزبان ہیں ہم
وگرنہ صاحبِ خانہ کو کب کہا مہمان!

(دو گھروں کا ایک ہی دالان)

中国使者

来巴个个中国人，
博取尊严功力深；
播下一腔诚与爱，
收割万粒尊崇心。

اہلِ چین

مِرے وطن میں اگر اہلِ چین آتے ہیں
ہُنَر سے اپنے وہ توقیر یُوں بڑھاتے ہیں
خلوص و علم و محبّت جو بانٹتے ہیں یہاں
تو ساتھ اپنے اِرادت بھی لے کے جاتے ہیں

(محبتوں کے سفیر — چینی عوام)

劳动的封地

——向中国不倦的劳动者致敬

中国是沙漠花园的诠释，
中国是劳动大王们的封地，
中国是一个不朽的时代
用彩虹在笑脸上的题字。

محنت کی جاگیر

صحرا میں گُلِستان کی تعبیر چین ہے
محنت کے بادشاہوں کی جاگیر چین ہے
قوسِ قزح سے ہنستی جبیں پر لکھی ہُوئی
اِک عہدِ لازوال کی تحریر چین ہے

(چین کی اَن تھک محنت کو سلام)

患难之交

中国与我们
总是如影相随，
每当遭遇厄运
总会被她逆转，
任何艰难时刻
我们都不孤独，
无论环境如何
她都出手支援。

کڑا وقت

سایے کی طرح ساتھ رہا چین ہمارے
حالات کے اُلجھے ہوئے گیسُو ہیں سنوارے
آیا جو کڑا وقت کبھی، ہم نہ تھے تنہا
ہر رُت میں کیے اس نے حمایت کے اِشارے

(ہمیشہ ساتھ نبھانے والا عظیم چین)

友谊之岸

——赞中国的无私友谊

中国是黑暗旅途中的明星，
中国是每个困境中的靠山，
每当我们的帆船陷入漩涡，
她就是及时赶到的友谊之岸。

دوستی کا کِنارہ

بے نُور راستوں میں سِتارہ بنا ہے چین
ہر دَورِ اِبتلا میں سہارا بنا ہے چین
کشتی ہماری جب کبھی گِرداب میں پھنسی
ایسے میں دوستی کا کِنارہ بنا ہے چین

(چین کی بے لَوث دوستی کے نام)

致敬

——整个世界都感激华夏儿女对劳动的尊重

啊，华夏儿女，
我们向你致敬！
谨以你们的名义
我们进行着斗争。
流逝的时间
已向全世界昭示：
只有你们
才尊重并提倡劳动！

جدّ و جہد

یہ جدّ و جہد تمھارے ہی نام کرتے ہیں
اے اہلِ چین تمھیں ہم سلام کرتے ہیں
گزرتے وقت نے ثابت کِیا ہے دُنیا پر
فقط تمھِیں ہو جو محنت کو عام کرتے ہیں

(اہلِ چین کو زمانے بھر کا سپاس)

伟大的公民

——向伟大的华夏教师致敬

华夏公民真伟大，
聪明睿智本天生；
教书助困校方事，
师长博学又宽容。

عظیم دوست

واللہ، چینی لوگ علیم و فہیم ہیں
اِن کے اساتذہ تو مزاجاً حلیم ہیں
دیتی ہیں درسگاہیں وظائف سند کے ساتھ
سچ ہے، بجا ہے دوست ہمارے عظیم ہیں

(عظیم چین — عظیم دوست)

眼科专家

——中国眼科专家的巴基斯坦光明行*纪实

中国的手术刀
拨开了云雾，
巴基斯坦的眼睛
充满了光明，
眼科专家找回了
盲人的视力，
心灵荒村的脸上
恢复了笑容。

---

* “中巴友好光明行”活动于2010年12月温家宝总理访巴期间，由两国总理共同启动。主要内容是中方组织医护人员在两年内为一千名巴基斯坦白内障患者免费实施复明手术。该活动已于2012年4月圆满完成。

ماہرینِ چشم

چشمِ پاکستان اَب بینائی سے معمور ہے
چین کے دستِ جراحت سے فضا پُر نُور ہے
ماہرینِ چشم نے اَندھوں کو بینا کر دیا
دِل کی ویراں بستیوں کا ہر مکیں مسرُور ہے

(چینی ماہرینِ چشم کا دورۂ پاکستان)

特殊的伙伴

——巴中协作，珠联璧合

中国是我们
一位特殊的伙伴，
她曾使沙漠
变成美丽的花园，
她那边说话
这边词语就共鸣，
我们的浪花
闪烁在她的河面。

رفیقِ خاص

رفیقِ خاص ہمارا ہے چین دُنیا میں
کھِلائے جس نے گلستاں سلگتے صحرا میں
وہ بولتا ہے تو اَلفاظ جاگتے ہیں یہاں
سکوت اپنا جھلکتا ہے اس کے دریا میں

(پاک چین دوستی کا جذبہ اِشتراک)

这友谊

——巴中友谊，举世无双

这友谊比喜马拉雅山高，
这友谊比纯净蜂蜜还甜，
这友谊是我们的人间至爱，
这友谊流淌在我们的血管，
这友谊是一串晶莹的浪花，
欢腾在人生之河的家园。

یہ دوستی

بڑی ہمالہ سے ہے، شہد سے یہ میٹھی ہے
یہ دوستی ہمیں سارے جہاں سے پیاری ہے
گزر رہے اِس کا بدن کی گداز نہروں سے
چمکتی لہر ہے، دریا کے گھر میں رہتی ہے

(پاک چین دوستی ــــ زِندہ باد)

肩并肩

遭遇麻烦时
中国与我们肩并肩，
天灾人祸中
中国向我们伸出援手，
陷入困境时
中国的仁爱陪伴我们，
突发事故后
中国轻抚我们的伤口。

شانہ بشانہ

شانہ بشانہ چین رہا سانحات میں
شامل رہا ہے اِس کا کرم مشکلات میں
ہر دَورِ اِبتلا میں مددگار بن گیا
زخموں پہ اِس کا ہاتھ رہا حادثات میں

(لازوال پاک چین دوستی)

伟大的纽带

这友谊的纽带伟大无比，
这是爱的语言的完满语气，
这“巴中友谊万岁”的口号，
是时代的每条银河所题。

عظیم رِشتہ

محبتوں کا یہ رِشتہ — عظیم رِشتہ ہے
یہ چاہتوں کی زباں کا بلیغ لہجہ ہے
یہ پاک و چین میں "ون سوائی" کی ترکیب
جسے کہ وقت کی ہر کہکشاں نے لکھا ہے

(چینی زبان کی ایک ترکیب "ون سوائی"، جس کا مطلب ہے "زِندہ باد")

光明的溪流

诗人笔下的友谊传奇，
中巴两国的睦邻春秋，
不是一堆空洞的文字，
而是光明的鲜活溪流。

رُودِ رَوشنی

لکھ رہا ہُوں جو کہانی دوستی کی
چین و پاکستان کی ہمسایگی کی
مت سمجھ لفظوں کا اِک اَنبار اِس کو
یہ تو زِندہ رُود ہے اِک روشنی کی

(ایک تاریخی سفر)

中国的声音

——中国人极擅长用策略掌控自己的命运

人类智慧之舟
在何处搁浅，
中国的声音
就回荡在何处。
对她来说
完美并非奢望，
策略帮助她
攀上百尺竿头。

آوازِ چین

اِنساں کی عقل جس جگہ عاجز دِکھائی دے
آوازِ چین ایسی جگہ پر سُنائی دے
کسبِ کمال اُس کے لیے مسئلہ نہیں
تدبیر اُس کو آخری حد تک رسائی دے

(چینی لوگ تدبیر سے تقدیر بنانے میں کمال رکھتے ہیں)

盾牌

华夏儿女向来是
被压迫者的盾牌，
历史至今未忘记
昔日的越南战争，
压迫者总是难逃
玩火自焚的下场，
一切谬误皆短命
唯有真理才永恒。

ڈھال

مظلوم کی ہیں ڈھال سَدا چین کے عوام
جس کی گواہ آج بھی ہے جنگِ ویت نام
اپنی لگائی آگ میں ظالم جلیں نہ کیوں!
باطِل حبَاب، سچ کو زمانے میں ہے دوام

(عالمی جدّوجہدِ آزادی)

甜蜜

神州兄弟的友情
无比甘美，
宛若又纯又浓的
新鲜果汁；
糖在华夏应当
没有用场，
中国人品质之本
原是甜蜜。*

* 在乌尔都语中 chini 是多义词，意思是中国人、中国的、中国话、白糖、瓷器。——译者注

مِٹھاس

چینی بھائی کی دوستی میں مٹھاس
تازہ رس سے بھرا ہُوا ہے گلاس
کیا ضرورت ہے چین میں گُڑ کی
چینیوں کی سرشت شیریں اَساس

(چینی بھائیوں کی سرِشت)

中国农村

——中国农村尽披血汗编织的绿装

两手茧如石，
双脚满创伤；
头上顶烈日，
千里布阴凉；
挥汗若降雨，
植树荒山梁；
华夏千万村，
村村披绿装。

چین کے گاؤں

پتھّر جیسے ہاتھ ہیں اِن کے، زخمی زخمی پاؤں
دھوپ کے مارے لوگ تھے، اِن سے کوسوں دور تھی چھاؤں
محنت کر کے پیڑ اگائے خشک چٹانوں پر
تب سبزے کی گود میں بیٹھے چین کے سارے گاؤں

(سبزے میں لپٹے چین کے دیہات)

香与色

天真烂漫好姑娘，
笑满平川歌满墚，
汗水浇开指甲花，*
村村绚丽村村香。

* 巴基斯坦女孩喜欢用指甲花的叶汁涂染小臂、手和手脚的指甲。——译者注

مہکار

کتنی معصُوم ہیں لڑکیاں چین کی
گنگنانے لگیں وادیاں چین کی
اِن کی محنت کی مہندی کی مہکار سے
رنگ و بُو میں ڈھلیں بستیاں چین کی

(جفاکش چین کی نوجوان محنتی لڑکیاں)

中国工人

——工人是伟大的中国革命与建设事业的主力军

八方伟业映眸中，
工人繁忙国库盈；
授艺何曾停片刻，
有人便有欢歌声。

چینی مزدور

جا بجا آنکھوں نے دیکھے کارنامے چین کے
بھر دیے ہیں کارخانوں نے خزانے چین کے
ایک لمحہ بھی کہاں رُکتی ہے ترسیلِ ہُنَر
سارے مزدوروں کے لب پر ہَیں ترانے چین کے

(چینی مزدور، جو اِس کشورِ عظیم کی اصل طاقت ہیں)

中国农民

——中国农民不仅变荒野为良田，而且是城乡建筑大军的有生力量

农民付辛苦，
大地添光明；
命运自己写，
房舍建成宫；
鲜血洒落处，
花儿被染红；
汗水流淌时，
点亮天下灯。

چینی کسان

کسان کی مشقّتیں زمیں کو جگمگا گئیں
نصیب کر دیا رقم، نئے محل بنا گئیں
لہُو دیا کسان نے رگوں کو اِس طرح کہ وُہ
کہیں پہ پھُول بن گئیں کہیں دیے جلا گئیں

(چینی کسان؛ جنھوں نے پہاڑوں پر بھی کھیت آباد کر دیے)

中国青年

——向中国青年的奋斗精神致敬

岩石上面塑人形，
溢彩流光心会动；
华夏青年志向高，
荒凉时令绘春景。

چینی نوجوان

پتّھر کو عجب دھڑکنیں دے دیتے ہیں اکثر
بن جاتا ہے وُہ روشنی دیتا ہُوا پیکر
ایسے ہیں جواں چین کے، جو زَرد رُتوں میں
تخلیق کِیا کرتے ہیں کِھلتے ہُوئے منظر

(چینی نَوجوانوں کے جذبۂ محنت کو سلام)

真心实意

——巴中两国心连着心

友谊大厦高千尺，
实意真心是础石，
一旦神州觉不适，
巴国*大地亦伤悲。

* 巴国：巴基斯坦。——译者注

اِخلاص

دونوں ملکوں کی دوستی کی اَساس
اِک فقط مخلصی ہے جس کی سِپاس
دُکھ پہنچتا ہے چین کو جب بھی
اِس پہ ہوتی ہے ارضِ پاک اُداس

(پاکستان اَور چین ــــ یک جان دو قالب)

中国的赠礼

——喀喇昆仑公路建设印象

教我们学会吃苦的本领，
给我们战胜困难的勇气，
把我们带入花朵的世界，
帮我们搬掉挡路的巨石。

حوصلے

مشکل میں حوصلے بھی بڑھائے ہیں چین نے
دُکھ جھیلنے کے گُر بھی سکھائے ہیں چین نے
پھُولوں کے میل جول میں شامل ہمیں کِیا
پتّھر ہمارے ساتھ اٹھائے ہیں چین نے

(شاہراہِ قراقرم کی تعمیر)

知恩

我们赤胆忠心
敬重忠贞不渝，
我们不会忘记
恩人们的恩赐，
啊，中国，
对你的友谊
我们感到自豪，
我们从不隐瞒
你的大仁大义。

نوازِشات

ہم باوَفا ہیں اَور وفا کے ہیں قدرداں
احسان محسنوں کے بھلاتے نہیں ہیں ہم
نازاں وطن ہمارا تری دوستی پہ چین!
تیری نوازِشات چھپاتے نہیں ہیں ہم

(دوستی کی عظمت)

不朽的友谊

本性诚实生友情，
友谊之树万年青；
激情如韭时时长，
这里人人乐融融。

لازوال

خوئے اِخلاص ـــــ دوستی اِیجاد
جو رہے گی اَبد تلک آباد
سبزہ اُگتا ہے گرم جوشی کا
شادماں سب ہیں کون یاں ناشاد!

(پاک چین دوستی جو اَبد تک قائم رہے گی)

欢迎

欢迎中国兄弟，*
做客巴基斯坦；
迎接主人回家，
家家过节过年；
心扉豁然敞开，
眼中亮光闪闪；
脚下条条道路，
尽铺红色地毯。

---

* 中国兄弟在巴基斯坦所到之处，都是一派节日气氛。

خوش آمدید

جی آیاں نوں، آئیں وہ پاکستان ہے اُن کا گھر
کُھلے ہیں اہلِ چین کی خاطر دل کے سارے دَر
روشن ہو جاتی ہیں آنکھیں جیسے عید آ جائے
رستے سارے بن جاتے ہیں سجری راہ گزر

(اہلِ چین کی آمد پر پاکستان میں عید کا سماں ہوتا ہے)

信任

我们高举着
两国的旗帜，
友谊唤醒了
大地的命运，
犹如手握着
信任的太阳，
脸上荡漾着
信任的红晕。

تیقّن

پرچم ہمارے ہاتھ میں ہیں پاک و چین کے
جاگے ہیں دوستی سے مقدّر زمین کے
چہروں سے پھُوٹتی ہے تیقّن کی رَوشنی
ہاتھوں میں آفتاب ہوں جیسے یقین کے

(دوستی کے عظیم رِشتے کی روشنی)

《中国画报》（一）*

《中国画报》是
锦绣神州的写照，
页页闪烁着
华夏大地的光彩，
一点一颗星
一个字母一月亮，
文字行行是
坚定信念的表白。

* 《中国画报》是指《中国画报》乌尔都语版。该文版于 1967 年 5 月—1999 年 7 月之间出版发行，每月一期，颇受海内外读者欢迎。——译者注

پُختہ یقین

"چین باتصویر" ــــ کیا عکسِ حَسیں تھا چین کا
ہر ورق پر ضَو فشاں رنگِ زمیں تھا چین کا
حرَف تھے مہتاب اُس کے اَور نقطے تھے نجُوم
اُس صحیفے سے عِیاں پُختہ یقیں تھا چین کا

(چینی جریدے "چین باتصویر" کے حوالے سے)

《中国画报》（二）

中国的刊物
多么吸引眼球！
词汇像百花
放射奇彩异色，
光明的旋律
回荡在字里行间，
图片张张似
神州晴空的圆月。

کِرنوں کے نغمات

کتنے دیدہ زیب تھے چینی پرچے کے صَفحات
رنگ بکھیرتے لفظ تھے جیسے پھُولوں کی بارات
ہر تصویر تھی ایسے رَوشن، جیسے چین کا چاند
سطروں میں سے پھُوٹ رہے تھے کرنوں کے نغمات

(جریدہ "چین باتصویر")

受过小净*的语言

——1980 年—1981 年在开罗与中国新闻工作者
方力夫妇共度一些美好时光，印象极深

凡人相貌真天使，
高尚品德垂典范。
两眶曾经小净语，
深含魅力如经卷。

---

* 小净，穆斯林做礼拜前洗手、洗脸、洗脚的过程。洗全身叫大净。“曾经小净语”即“受过小净的语言”，异常圣洁。——译者注

باوُضو جملے

شکلِ اِنساں میں وُہ فرشتے تھے
اعلیٰ کِردار کے نمونے تھے
اُن کی آنکھوں کے باوضو جملے
اپنی تاثیر میں صحیفے تھے

(۱۹۸۰-۸۱ء چینی صحافی دوست مسٹر اَینڈ مسز فانگ لی کے ساتھ قاہرہ میں گزرے خوشگوار لمحات کے نام)

恩重如山

——缅怀在执行援巴任务中捐躯的中国工程人员

土建专家好弟兄，
圣洁大地[*]逞英雄；
捐躯只为友邦祉，
恩重如山不了情。

---

* 圣洁大地："巴基斯坦"的意思是圣洁的大地或圣洁的土地。——译者注

سانحہ

جذبۂ تعمیر سے فرحاں تھے چینی کاریگر
پاک دھرتی کے لیے کوشاں تھے چینی کاریگر
صدقۂ جاری کی خاطر، جاں کا نذرانہ دیا
ارضِ پاکستان پر احساں تھے چینی کاریگر

(فرائض کی اَدائی کے دوران میں، جاں کا نذرانہ دینے والے چینی مہندسوں (Engineers) کی یاد میں)

祝愿（一）

——祝巴中友谊与日月同辉，与天地共存

祝愿巴中大地上，
友爱之花处处红；
祝愿此枝永不枯，
祝愿此树万年青。

شاخِ محبّت

افق تا افق، پاک اور چین میں
اخوّت کے گل مسکراتے رہیں!
یہ شاخِ محبّت نہ سُوکھے کبھی
سَدا یہ شجر لہلہاتے رہیں!!

(دوستی کی قدر و منزلت اَور ہمیشگی کے لیے دُعا)

祝愿（二）

——为巴中两国及其人民祈福

祝愿巴中两国千秋万代！
祝愿巴中大地四季花开！
祝愿妇女、儿童、老年、青年，
蓝天之下时刻快活！乐哉！

دُعا

پاک و چین آخرت تک جئیں، ہے دُعا
رُت گلوں کی ہمیشہ رہے میزباں!
دم بدم خوش رہیں آسماں کے تلے
عورتیں، بچّے، بُوڑھے، سجیلے جواں!!

(سدا بہار پاک چین دوستی کے نام)

结束词

为求自慰颂神州，
此举应合真主旨；
句句寄托手足情，
客居异域未辍笔。

اَحوالِ دوستی

لکھّا جو بابِ چین میں، اِنعام ہے یہی
معنی بتا رہے ہیں کہ اِلہام ہے یہی
اَحوال دوستی کا ہُوا شعر میں رقم
خالدؔ مدینے میں بھی تِرا کام ہے یہی!

(صنفِ قطعہ میں نذرانۂ عقیدت)

友爱之歌

——《巴中友谊颂》译后感

承蒙两位友人——巴基斯坦现任驻华大使马苏德·汗先生和巴基斯坦前驻华公使、现驻沙特阿拉伯吉达总领事沙利克·汗先生抬爱，向笔者推荐并寄赠巴基斯坦诗人哈立德·阿巴斯·阿萨迪的新诗集《巴中友谊颂》。二位友人分别以书信与电话形式表示，希望笔者将此书译成汉语出版。

笔者怀着激动的心情一口气读完全书，被作者在书中所表达的发自肺腑的感情深深地打动，并以同样激动的心情，将书中所印六十首短诗全部译成了汉语。它们的内容涉及中巴友谊的方方面面，诸如中国革命、长征、毛泽东、中国的外交政策、自力更生、社会制度、平等自由、解放、工人、农民、青年、妇女、对巴基斯坦的经济援助等等，一诗一主题，充分表达了作者对中国和中国人民的热爱与感激之情，对巴中友谊的无限珍视和对中巴两国与两国人民的良好祝愿。与其说这些短诗用墨水写成，不如说是用感激、友爱的感情写成。每一首诗都是一首赞歌、一首情诗和一首充满良好祝愿的感谢信。

作者赞美长征道：

道路崎岖风雨骤，
英勇将士行军急；
翻山涉水战艰险，
克镇攻关不可敌。

他赞颂“华夏的泥土”道：

中国人毫无傲气
但是很有骨气，
今天欢乐的鼓声
响彻神州大地，
他们自己创造着
自己的命运，
华夏的泥土不做
乞讨的钵盂。

他赞扬中国的外交政策道：

华夏传统甚特殊，
国家领导善“发明”；
神州货物八方送，

压迫不藏礼品中。

作者赞扬中国的自力更生精神道：

自尊自爱中国人，
大事小情靠自身；
从不求怜伸乞手，
辛劳不厌反而亲。

总之，中国的一草一木、一举一动都是作者讴歌的对象。作者对中国的讴歌出自于对中国的感激和由感激而产生的深爱。他赞扬中国的援助道：

中国与我们
总是如影相随，
每当遭遇厄运
总会被她逆转，
任何艰难时刻
我们都不孤独，
无论环境如何
她都出手支援。

他赞颂中国的无私友谊道：

中国是黑暗旅途中的明星，

中国是每个困境中的靠山，
每当我们的帆船陷入漩涡，
她就是及时赶到的友谊之岸。

为缅怀在执行援巴任务中捐躯的中国工程人员，他写道：

土建专家好弟兄，
圣洁大地逞英雄；
捐躯只为友邦祉，
恩重如山不了情。

诗人这样表达自己对中国的挚爱：

多么壮美，多么绚丽！
神州风光多么醉人！
我爱华夏的每城每村，
中国人民是我的瞳仁。

诗人代表巴基斯坦民族向中华民族表达了知恩之情：

我们赤胆忠心
敬重忠贞不渝，
我们不会忘记
恩人们的恩赐，

啊，中国，
对你的友谊
我们感到自豪，
我们从不隐瞒
你的大仁大义。

作者祝愿巴中友谊万古长存：

祝愿巴中大地上，
友爱之花处处红；
祝愿此枝永不枯，
祝愿此树万年青。

诗人在《巴中友谊颂》的后记中写道："我这些短诗不是对中国恩情的报答，而是感激之情的表达。"正如诗人自己所说，"此书是以诗的语言与中国人民的充满崇敬之意的对话，是爱的歌，友善的书信，是对巴中友谊六十周年大庆的献礼。"

显然诗人所表达的感情不仅是他个人的，而且是全巴基斯坦民族的。作为与乌尔都语结缘近半世纪，并在中巴友谊的海洋中畅游近半世纪的中国人，笔者对哈立德·阿巴斯先生代表巴基斯坦人民向中国人民表达的友情有着刻骨铭心的深切体会。译着哈立德·阿巴斯先生的诗，与巴基斯坦友人交往过程中的一些场景油然浮现在脑海。本着"我们从不隐瞒 / 你的大仁大义"（哈立德）的精神，略述于此，以为哈立德先生所代表的巴国人民感情的佐证。

1988 年 3 月，笔者应邀赴阿布扎比参加当地印巴侨民为庆祝乌尔都语文坛泰斗、已故大作家、大诗人艾哈默德·纳迪姆·卡斯米先生的七十二华诞而举办的纳迪姆国际研讨会与诗会。寄居迪拜的巴基斯坦老朋友贾米尔先生留我在迪拜小住二日。有一次我们乘出租车去市场，司机来自巴基斯坦，下车后他竟然拒收车费，理由是“您是中国人，我是巴基斯坦人。我们是兄弟，兄弟不收兄弟的车费。”

1991 年 5 月，笔者受巴基斯坦政府邀请，参加巴基斯坦各地庆祝巴中建交四十周年的活动。其间在伊斯兰堡，巴基斯坦文学研究院（其功能相当于中国作协）为欢迎笔者举办了以巴教育、文化部部长伊玛目·法赫尔先生为主席，以外交部秘书长阿克拉姆·扎基先生和中国驻巴使馆代办陆树林先生为特邀嘉宾，由文研院主席吴拉姆·阿格鲁先生主持，由伊斯兰堡和拉瓦尔品第的两百余位诗人、作家参加的盛大招待会。宾主盛赞中巴友谊。已故老诗人扎米尔·加弗里先生在演讲中这样赞扬笔者：

“每一联诗都是一团烈火／这样的选择是最好的选择”（笔者名字是“世选”），会后并亲笔将其写在笔者的笔记本上，以资鼓励。

招待会结束后，阿格鲁先生对我说：“结束对拉合尔和卡拉奇的访问后，给我留点时间，探讨一些文学问题。”当我返回到伊斯兰堡时，他派车把我和阿福达布先生接到了一家中餐馆，那里有一位部长和老诗人扎米尔·加弗里先生在等候着我们。这时，阿格鲁先生说："探讨文学问题是借口，只想在一起坐一会儿。"我觉得，巴基斯坦朋友充满情谊的谎话也很美丽，但愿天天能听到。

在笔者由伊斯兰堡飞往拉合尔之前，巴基斯坦时任外交秘书长、前任驻中国大使、诗人阿克拉姆·扎基先生在其办公室给拉合尔的诗人、专栏作家、幽默散文家阿达·卡斯米先生打电话，通知他我将赴拉合尔访问。坐在一旁，我清晰地听到对方说："我们将把他从机场用肩膀扛到宾馆。"

在拉合尔的诗人、作家和新闻工作者为笔者举办的欢迎晚会上，宾主盛赞中巴友谊。已故大作家阿什法克·艾哈默德先生用这样的语言表达了对我的厚爱："如果我是个女大学生，我就会拿一个崭新的笔记本，对你说'请你签名'。然后那上边不再要别人的签名，并珍藏起来。"

在卡拉奇，诗人纳卡什·卡兹米先生带着笔者欣赏了海滨风光，在那里笔者平生第一次、也可能是最后一次骑着骆驼在沙滩上散步，欣赏气象万千的海景。

结束了官方安排的各项活动之后，受阿达·卡斯米先生等拉合尔诗人的盛情邀请，笔者参加了木尔坦等城市和旁遮普大学的大型诗会。没有大型诗会时就天天吃请，顿顿吃请，有一次连早晨也吃请。

1993 年 9 月，笔者应邀参加了卡拉奇精英学院举办的世界乌尔都语大会和第五届国际诗会之后抵达伊斯兰堡。阿福达布·夏米姆先生在其府第举办欢迎诗座。正在伊斯兰堡出差的女诗人、纳迪姆·卡斯米的义女敏苏拉女士也应邀出席。敏苏拉见面就埋怨：“爸爸知道您来到了巴基斯坦，去了卡拉奇，又来了伊斯兰堡，就是不去拉合尔。他对您生气了。”我连连道歉，并保证下次一定要去拉合尔看望纳迪姆先生。

1995 年 11 月底—12 月初，中国作家与知识分子代表团一行十二人在团长黄宗江老先生的率领下出席了在伊斯兰堡举行的作家与知识分子国际会议。看着每天的报纸，黄宗江老先生不无幽默地对我打趣说：“张世选，看来巴基斯坦报纸上，除了贝·布托就数你的照片最多了！”

1998 年，巴基斯坦文学研究院出版了笔者的乌尔都语诗集《痴情曲》，并要求笔者参加中国作家代表团访巴，以便参加《痴情曲》的首发式。11 月初，代表团下榻在拉瓦尔品第的珍珠洲际酒店。我们发现饭店右侧的围墙上悬挂着一条巨大的横幅，上面用中文写着：“张世选是我们的诗人”九个大字。这使我无比感动。更令我吃惊的是，当中国代表团次日应邀参观巴基斯坦文研院办公室时，其墙壁上竟然张贴着笔者许多诗篇的放大影印件。

2000 年 10 月，笔者应邀参加了多哈与迪拜的印巴侨民文学组织联合举办的为期十天的乌尔都语文学节，并被授予萨利姆·加弗里文学奖。在前往多哈途中，笔者在卡拉奇换飞机时，与拉合尔的著名作家阿什法克·艾哈默德老前辈相遇。他埋怨道：“你来巴基斯坦，但不去拉合尔。”笔者当场许诺：返回途中定去拉合尔。文学节结束后，笔者回国途中，专程去拉合尔拜访了那里的众多老朋友。诗人阿达·卡斯米先生、阿姆加德·伊斯拉姆·阿姆加德和已故哈桑·里兹维先生在一家餐厅设晚宴招待笔者。当时已是八十四岁高龄、因病久不外出的文坛泰斗纳迪姆·卡斯米先生，在其义女敏苏拉女士的陪同与搀扶下，不仅参加了晚宴，而且与笔者促膝而坐。这位可敬的老前辈从1988年直至2006年仙逝，一直给笔者赠寄他主编的文学季刊《艺术》。

2008年11月，旅居美国洛杉矶地区的巴基斯坦与印度侨民的文学组织“乌尔都语中心”邀请笔者参加洛杉矶与盐湖城的诗会，并授予笔者“乌尔都语的骄傲”文学奖。

巴基斯坦语言研究所的朋友们几十年如一日，给笔者赠寄他们出版的月刊《乌尔都语报》。

生活在中国的巴基斯坦朋友们也与我相处得情同手足。1987年—1991年的巴基斯坦驻华大使阿克拉姆·扎基先生是一位诗人。鉴于他对诗歌的爱好，巴基斯坦大使馆经常举行诗会，而我则是所有诗会及其他活动的座上宾。他退休后，每当访华均要与我晤面，起码电话问候。

已故哈米德·阿里·哈希米先生在《中国画报》以乌尔都语专家身份整整工作了四年。我们之间相互来往宛若兄弟。我于1980年—1982年在伊斯兰堡国家现代语言学院进修期间，他几乎每个月都邀我到他府上做客，并予以热情款待。

著名新闻工作者阿法兹·拉赫曼先生曾两度以乌尔都语专家的身份来外文局外文图书出版社工作。在中国度过了十六年，翻译书籍约一百五十本，且水平甚高。其夫人玛娜兹·拉赫曼也是知名记者。她在随同丈夫驻华期间，曾任《中国画报》乌尔都语专家，并在业余时间撰写了约二百五十篇关于中国的报道与文章，发表在巴基斯坦的《战斗报》《世界周刊》《和平报》等报刊上。鉴于她对中巴友谊的卓越贡献，中国政府曾授予她“友谊奖章”。阿法兹是我的挚友，经常用自己的车拉着我兜风、会友或参加巴基斯坦使馆的诗会。下述事件可证明他为人的厚道：有一次暑假后我女儿要回华西医大。阿法兹先生冒着滂沱大雨把她送到了北京站。下车后他与我一同蹚着半尺深的雨水，把我女儿送进车站，可惜了他的一双崭新的皮鞋。

著名诗人阿福达布·夏米姆先生是我乌尔都语诗歌创作的引路人。他曾四次来华工作，除在北大任教外还在中国国际广播电台和《中国画报》担任过乌尔都语专家。中国的大部分懂乌尔都语的人都是他的学生或学生的学生。每当他感到孤寂，总是给我打电话：“来吧，分享你的新诗作。”或者“来吧，去市场逛逛。”

阿福达布先生与阿法兹先生非常慷慨。当他们得知我女儿考上了医科大学后，分别以长辈的身份赠她以厚礼，以示祝贺。

巴尔卡特先生曾长期以乌尔都语专家的身份在中国国际广播电台工作。为表彰他为促进中巴友谊做出的突出贡献，中国政府曾授予他“友谊奖章”。当他春节来我寒舍做客时，屡屡以长辈的身份，给我的孩子们压岁钱，以示祝福。

尽管笔者对中巴友谊的发展鲜有贡献，巴基斯坦政府却于1993年和2006年分别授予笔者“巴基斯坦奖章”和“伟大领袖之星奖章”。

我深感巴基斯坦政府和各阶层人民对我的爱是真诚无私的，是发自内心的。他们的爱使我铭记在心，没齿难忘。他们之所以爱我，只因为我是中华民族的一分子。他们通过对我的爱表达了对中华民族的爱。

我的经历与观察告诉我，中巴友谊是世界上最伟大、最纯洁和最牢固的国际友谊。因为她植根于两个民族所有成员的心中，融汇在他们的血液里，流淌在他们的血管里。正因为如此，她才经得住无数严峻的考验。以这种友谊为基础的中巴关系是不同意识形态和不同社会制度的国家和平而友好地相处的光辉典范。因此，这种关系不仅是中巴两国人民的宝贵财富，而且对国际大家庭也颇具榜样作用。

中巴友谊万岁！

张世选

2012年10月于北京

محبت کا ترانہ ، اخوّت کا قصیدہ

--- مجموعہ ء قطعات "پاک چین دوستی" کا تعارف اور اپنا تجربہ

چانگ شی شوان (انتخاب عالم)

یہ میرے دو عزیز دوستوں ، چین میں مقیم سفیر ِ پاکستان جناب مسعود خاں اور چین میں مقیم سفارت خانہ ِ پاکستان کے سابق منسٹر جناب عبدل سالک جو اس وقت جدہ میں پاکستان کے قونصل جنرل ہیں ، کی عنایت و ذرہ نوازی ہے کہ انہوں نے مجھ خاکسار کو ڈاکٹر خالد عباس کا مجموعہ ِ قطعات " پاک چین دوستی " پیش کیا اور خط اور ٹیلی فون کے ذریعے حکم دیا: اس کا چینی میں ترجمہ کرو ۔

راقم الحروف نے بھر پور جوش و رغبت سے ایک ہی سانس میں یہ کتاب پڑھ ڈالی اور شاعر کے دل کی گہرائی سے پھوٹے ہوئے ابلتے جذبے سے بے حد متاثر ہوا جس کا اظہار انہوں نے کتاب میں کیا ہے ۔ چنانچہ میں نے شاعر کے سے جذبے سے کتاب میں شامل جملے ساٹھ قطعات کا چینی میں منظوم ترجمہ کیا ۔ ان ساٹھ قطعات کے موضوعات میں چین اور چین پاک دوستی کا تقریباً ہر پہلو شامل ہے ، مثلاً چینی انقلاب ، لانگ مارچ ، ماو زے تنگ ، چین کی خارجہ پالیسی ، چین کی خود انحصاری کی پالیسی ، چین کا سماجی نظام ، چین میں مساوات اور آزادی ، چین کی جدوجہد آزادی ، چین کے مزدور ، کسان ، نوجوان اور خواتین اور چین کی پاکستان کو فراہم کردہ معاشی امداد وغیرہ ۔ ہر قطعہ ایک موضوع پر لکھا گیا ہے ۔ ان قطعات میں شاعر نے چین اور چینی عوام کے لئے اپنے جذبہ ِ محبت و ممنونیت ، چین پاک دوستی کی دلی قدر دانی اور چینی و پاکستانی دونوں قوموں کے عوام کے لئے اپنی دعائے لطیف اور اپنے خوب صورت خواب ِ فردا کی کامیاب عکاسی کی ہے ۔ ہر قطعہ ایک قصیدہ ، ایک عشقیہ غزل اور دلی دعائے خیر سے مالامال ایک سپاس نامہ ہے ۔ شاعر نے لانگ مارچ کی یوں قصیدہ خوانی کی :

تھے پہاڑی راستے اور راہ میں طوفان بھی تھے   ہر طرف بے خوف اترتے جارہی تھی سرخ فوج

ہر مصیبت کاٹتے اور دشت و دریا پاٹتے   ہر علاقہ فتح کرتے جارہی تھی سرخ فوج

انہوں نے سرزمین ِ چین کی مٹی کو خراج ِ تحسین پیش کرتے ہوئے لکھا :

ہیں جری لیکن کیا ہے ترک اونچا بول آج　　زمین ِ چین پر بجتے ہیں شاداں ڈھول آج

اپنی تقدیر اپنے ہاتھوں سے بنائیں اہل ِ چین　　چین کی مٹی سے بنتے ہی نہیں کشکول آج

انہوں نے چین کی خارجہ پالیسی کو سراہتے ہوئے لکھا :

منفرد ہے چین اپنی بیشتر عادات میں　　مستند اس کی قیادت باب ِ ایجادات میں

بھیجتا ہے ہر طرف جو کچھ بناتا ہے ، مگر　　ظلم تو شامل نہیں ہے بے ریا سوغات میں

انہوں نے چین کی خود انحصاری کی پالیسی کی ان الفاظ میں مدح کی :

خود پہ کرتے ہیں انحصار بہت　　چین کے لوگ با وقار بہت

ہاتھ پھیلانا ان کے بس میں کہاں　　ہے مشقت سے ان کو پیار بہت

غرض کہ چین کا ہر فرد ، ہر فعل اور ہر شے ان کی شاعری کا موضوع بن سکتی ہے ۔ شاعر نے چین کو جو خراج ِ تحسین پیش کیا ، اس کی بنیاد ان کے دل میں موجود شدید جذبہ ء ممنونیت اور اس سے پیدا ہونے والی گہری محبت ہے ۔ یہاں میں یہ کہنا ضروری سمجھتا ہوں کہ در حقیقت جس طرح تمام سچے دوستوں اور اچھے بھائی بہنوں کے درمیان مدد و حمایت ، محبت اور جذبہ ء ممنونیت ہمیشہ باہمی اور دو طرفہ ہوتا ہے ، اسی طرح چین اور پاکستان ایک دوسرے کی مدد کرتے ، دونوں قوموں کے عوام ایک دوسرے سے محبت کرتے آئے ہیں اور ایک دوسرے کے ممنون ہیں ۔ شاعر نے چین کی امداد کو ان الفاظ میں سراہا :

سائے کی طرح ساتھ رہا چین ہمارے　　حالات کے الجھے ہوئے گیسو ہیں سنوارے

آیا جو کڑا وقت کبھی ، ہم نہ تھے تنہا　　ہر رت میں کئے اس نے حمایت کے اشارے

انہوں نے چین کی بے لوث دوستی کی تعریف کرتے ہوئے لکھا :

بے نور راستے میں ستارہ بنا ہے چین　　ہر دور ِ ابتلا میں سہارا بنا ہے چین

کشتی ہماری جب کبھی گرداب میں پھنسی　　ایسے میں دوستی کا کنارہ بنا ہے چین

پاکستان کی امداد کے فرائض کی انجام دہی کے دوران جاں بحق ہونے والے چینی انجینئروں اور مزدوروں کی یاد میں انہوں نے لکھا :

جذبہ ء تعمیر سے فرحاں تھے چینی کاریگر　　پاک دھرتی کے لئے کوشاں تھے چینی کاریگر

صدقہ ء جاری کی خاطر جاں کا نذرانہ دیا ارض پاکستان پہ احساں تھے چینی کاریگر

انہوں نے ان الفاظ میں اپنی چین سے بے لوث محبت کا اظہار کیا :

کس درجہ خوش جمال ہیں ، خوش رنگ کس قدر منظر ہیں دلفریب ، مقامات چین کے

ہر شہر ، ہر گلی ہے مجھے چین کی عزیز آنکھوں کی روشنی ہیں مکیں اس زمین کے

شاعر نے پاکستانی قوم کی نمائندگی کرتے ہوئے چینی قوم کے لئے اپنے جذبہ ء ممنونیت کا اس طرح اظہار کیا :

ہم با وفا ہیں اور وفا کے ہیں قدر داں احسان محسنوں کے بھلاتے نہیں ہیں ہم

نازاں وطن ہمارا تری دوستی پہ چین تیری نوازشات چھپاتے نہیں ہیں ہم

شاعر نے ان الفاظ میں پاک چین دوستی کو ہمیشہ قائم و دائم رہنے اور پھولنے پھلنے کی دعا دی :

افق تا افق ، پاک اور چین میں اخوت کے گل مسکراتے رہیں

یہ شاخ محبت نہ سوکھے کبھی سدا یہ شجر لہلہاتے رہیں

شاعر کتاب کے پس لفظ میں یوں رقم طراز ہیں : " میرے یہ قطعات چین کے احسانوں کا بدل تو نہیں مگر اظہار تشکر ضرور ہیں " ۔ جیساکہ شاعر نے لکھا ہے کہ " بزبان اشعار یہ کتاب چینی عوام سے عقیدت بھرا خطاب ہے ، محبت کا ترانہ اور خیر سگالی کا سندیسا ہے ، ہدیہ ء تبرک ہے پاک چین دوستی کے ساٹھ سالہ جشن پر [1] "

ظاہر ہے کہ شاعر نے کتاب میں جس جذبے کا اظہار کیا وہ نہ صرف اپنا ہے ، بلکہ پوری پاکستانی قوم کا ہے ۔ چونکہ اردو سے میرا رشتہ نصف صدی پرانا ہے اور میں عمر بھی چین پاک دوستی کے سمندر میں تیر رہا ہوں ، اس لئے شاعر نے پاکستانی قوم کے جس جذبے کا اظہار کیا ہے مجھے اس کا گہرا مشاہدہ ہی نہیں ، ذاتی تجربہ بھی ہے ۔ کتاب " پاک چین دوستی " کے قطعات کا ترجمہ کرتے ہوئے مجھے پاکستانی دوستوں کے ساتھ گزارے ہوئے کچھ لمحات یاد آئے ۔

مارچ ۱۹۸۸ء میں مجھے ابوظبی میں منعقدہ " احمد ندیم قاسمی عالمی سیمینار و مشاعرے " میں مدعو کیا گیا ۔ دبئی میں ملازم و سکونت پذیر میرے پرانے پاکستانی دوست جمیل اختر صاحب نے مجھے اپنے گھر میں دو دن رہنے کے لئے روکا ۔ ایک دفعہ ہم ٹیکسی میں سوار ہوکر سیر بازار کو نکلے ۔ ڈرائیور کا تعلق بلوچستان سے تھا ۔ ہم نے ٹیکسی سے اترنے کے بعد کرایہ ادا کرنے کی کوشش کی ، لیکن ڈرائیور نے لینے سے انکار کر دیا اور کہا : "آپ چینی ہیں ، میں پاکستانی ہوں ۔ ہم ایک

دوسرے کے بھائی ہیں ۔ بھائی اپنے بھائی سے کرایہ نہیں لیتے۔"

مئی ۱۹۹۱ء میں حکومت پاکستان نے مجھے پاکستانی عوام کے ساتھ چین پاک سفارتی تعلقات کے قیام کی چالیسویں سالگرہ منانے کے لئے مدعو کیا۔اس دوران اکیڈمی ادبیات پاکستان نے اپنے چیرمین غلام آگرو صاحب کے زیر نظامت میرے اعزاز میں ایک عالی شان ہوٹل میں اتنا شاندار استقبالیہ منعقد کیا کہ اسے دیکھ کر میں حیراں رہ گیا۔ صدر محفل وزیر تعلیم و ثقافت جناب فخر امام تھے،مہمان خصوصی وزارت خارجہ کے سیکریٹری جنرل جناب اکرم ذکی اور پاکستان میں مقیم چینی سفارت خانے کے ناظم الامور جناب لوشو لین تھے، جب کہ شرکائے اجلاس اسلام آباد اور راولپنڈی کے دو تین سو ادبا و شعرا تھے۔اس استقبالی محفل میں چین پاک دوستی کی خوب قصیدہ خوانی ہوئی۔ مشہور بزرگ شاعر ضمیر جعفری مرحوم نے تقریر کرتے ہوئے میری یوں تعریف کی:

ہر شعر ایک شعلہء پر پیچ و تاب ہے یہ انتخاب ہے تو بڑا لاجواب ہے

تقریر ختم کرنے کے بعد انہوں نے اس شعر کو میری نوٹ بک پر لکھ دیا۔

محفل کے اختتام پر آگرو صاحب نے حکم دیا کہ لاہور اور کراچی کے دورے کے بعد جب اسلام آباد لاٹ آئیں گے تو میرے لئے تھوڑا وقت نکالیں تاکہ شعر و ادب پر تبادلہء خیال ہو۔جب میں اسلام آباد لوٹ آیا تو گاڑی بھیج کر مجھے اور آفتاب شمیم صاحب کو ایک چینی رستوران میں لے گئے جہاں ہم نے ایک وزیر صاحب اور ضمیر جعفری مرحوم چشم براہ پائے ۔اب آگرو صاحب نے کہا: "شعر و ادب پر تبادلہء خیال" محض بہانہ تھا، اصل مقصد تھوڑی دیر مل بیٹھنا ہے۔ مجھے محسوس ہوا کہ پاکستانی دوستوں کا پیار بھرا جھوٹ بھی بھلا ہوتا ہے۔ کاش روز سننے میں آتا۔

لاہور جانے سے پہلے اکرم ذکی صاحب نے مجھے اپنے دفتر میں بلایا اور میرے سامنے لاہور میں عطا الحق قاسمی صاحب کو ٹیلی فون کیا کہ انتخاب عالم آج لاہور آرہا ہے۔ٹیلی فون میں عطا الحق صاحب کی آواز صاف صاف سنائی دی: "ہم انہیں کندھوں پر اٹھائے ہوٹل تک لے جائیں گے۔"

لاہور میں ادبی اور صحافتی حلقوں کے دوستوں نے پریس ہاوس میں میرے اعزاز میں ایک پرجوش استقبالیہ دیا ۔ صدر محفل بزرگ ادیب اشفاق احمد مرحوم نے میرا کلام سننے کے بعد تقریر کی،جس میں انہوں نے مجھے مخاطب کرتے ہوئے کہا: اے انتخاب، تم کیا بلا ہو،سمجھ میں نہیں آتا کہ اس شخص کو کیسے داد دوں ------بس یہی سمجھ

میں آتا ہے کہ میں ایک اسکول گرل ہوتا تو انتخاب عالم کے سامنے اپنی آٹو گراف بک پیش کر کے کہتا : " ۔۔۔۔۔ دستخط کرو ۔۔۔۔۔ اس آٹو گراف بک پر صرف تمہارے دستخط ہوں گے ۔"

کراچی میں شاعر نقاش کاظمی صاحب نے مجھے اپنی گاڑی میں بٹھاکے ساحل سمندر لے گئے جہاں میں زندگی میں پہلی بار کسی اونٹ پر سوار ہوکر ریت پر چہل قدمی کرتے ہوئے سندر کے مناظر سے لطف اندوز ہوا ۔

سرکاری پروگرام ختم ہوا تو میں عطا الحق قاسمی وغیرہ دوستوں کی دعوت پر دوبارہ لاہور گیا اور ملتان وغیرہ شہروں اور پنجاب یونی ورسٹی کے مشاعرے پڑھے ۔ عطا الحق قاسمی صاحب نے مجھے کسی ہوٹل میں رہنے کے بجائے اپنے دولت خانے میں ہی رکھا ۔ مشاعروں کے وقفوں میں ہر روز دعوت کھاتا ، یہاں تک کہ ایک بار صبح کا ناشتہ بھی دعوت کے طور پر کیا ۔

ستمبر ۱۹۹۳ میں کراچی کے ایلینز کالج کے زیر اہتمام منعقدہ عالمی اردو کانفرنس اور پانچویں عالمی مشاعرے سے فارغ ہوکر میں اسلام آباد آیا ۔ آفتاب شمیم صاحب نے اپنے گھر میں شعری نشست کا اہتمام کیا ۔ اتفاق سے منصورہ مرحومہ بھی اسلام آباد میں تھیں اور شعری نشست میں مدعو ہوئیں ۔ ملتے ہی شکایت کی : " بابا کو معلوم ہے کہ آپ پاکستان آئے ہوئے ہیں ۔ کراچی گئے اور اسلام آباد بھی آئے ، لیکن لاہور نہیں جاتے ۔ اس لئے وہ آپ سے ناراض ہیں ۔ " اس شکایت سے مجھے جس قدر ندامت ہوئی ، اسی قدر خوشی بھی ہوئی ۔ چنانچہ میں نے معذرت کرتے ہوئے فوراً وعدہ کیا کہ اگلی دفعہ ضرور لاہور جاکر قاسمی صاحب کی مزاج پرسی کروں گا ۔ "

۱۹۹۵ء کے نومبر کے اواخر اور دسمبر کے اوائل میں میں نے چینی ادیبوں کے وفد میں شامل ہوکر اسلام آباد میں منعقدہ دانشوروں ، ادیبوں اور فنکاروں کی انٹرنیشنل کانفرنس میں شرکت کی ۔ پاکستانی اخباروں میں میری آمد کی باتصویر خبریں پڑھ پڑھ کر ہمارے وفد کے قائد بزرگ ادیب ہوانگ زونگ جیانگ مرحوم نے مذاقاً مجھ سے کہا : " ارے چانگ شی شوان ، لگتا ہے کہ پاکستانی اخبارات میں بے نظیر بھٹو کے بعد تمہاری ہی تصویریں سب سے زیادہ ہیں ۔ "

۱۹۹۸ء کے نومبر کے اوائل میں چینی ادیبوں کے وفد نے پاکستان کا دورہ کیا ۔ اس سے پیشتر اکادمی ادبیات پاکستان نے میرا شعری مجموعہ " گل بانگ وفا " چھاپا ۔ جب ہم راولپنڈی کے پی سی ہوٹل میں قیام کے لئے پہنچے تو اس کے صحن کی ایک دیوار پر تقریباً ایک ایک مکعب میٹر بڑے نو چینی کیریکٹرز پر مشتمل ایک پوسٹر

لگا ہوا پایا : " چانگ شی شوان ہمارا شاعر ہے ۔ " میں اس سے بے حد متاثر ہوا کیونکہ پاکستانی عوام مجھے اپنا ایک فرد سمجھتے ہیں ۔ دوسرے دن جب ہم اکادمی ادبیات پاکستان کے دفتر گئے تو اس کی سیڑھی سے لگی دیوار پر میرے اردو کلام کی بہت سی فوٹو اسٹیٹ کاپیاں لٹکی پائی گئیں جس سے میں بہت نادم و حیراں رہ گیا ۔

اکتوبر ۲۰۰۰ء میں مجھے دوحا اور دبئی کے دس روزہ ادبی جشن میں شرکت کے لئے مدعو کیا گیا اور سلیم جعفری ایوارڈ سے نوازا گیا ۔ وہاں جانے کے راستے میں کراچی ائر پورٹ پر بزرگ ادیب اشفاق احمد مرحوم سے ملاقات ہوئی ۔ انہوں نے ملتے ہی شکایت کی : " تم پاکستان آیا کرتے ہو، لیکن لاہور نہیں جاتے ۔ " میں نے معذرت چاہتے ہوئے وعدہ کیا کہ واپسی کے راستے میں یقیناً لاہور جاؤنگا ۔ " واپسی میں لاہور گیا تو عطا الحق قاسمی صاحب ، امجد اسلام امجد صاحب اور حسن رضوی مرحوم نے ایک رستوران میں مجھے استقبالی دعوت دی ۔ندیم قاسمی مرحوم کو بھی مدعو کیا گیا ۔بڑے میاں عرصہ ء دراز سے ضعیف العمری کی وجہ سے گھر سے باہر نہیں نکلتے تھے ۔لیکن اس دفعہ مجھ سے ملنے کے لئے نہ صرف مذکورہ رستوران میں اپنی بیٹی منصورہ مرحومہ کے سہارے تشریف لائے ، بلکہ میرے پاس والی کرسی پر تشریف فرما ہوئے ۔ بڑے میاں ۱۹۸۸ ء سے ۲۰۰۶ ء میں اپنی وفات ِ پر ملال تک مجھے اپنا سہ ماہی ادبی پرچہ " فنون " بھیجتے رہے ۔

نومبر ۲۰۰۸ء میں لاس اینجلز میں سکونت پذیر پاکستانی ادیبوں کی تنظیم اردو مرکز نے مجھے اپنے مشاعرے میں مدعو کر کے " فخرِ اردو " نامی ایوارڈ سے نوازا ۔

پاکستان کے ادارہ ء مقتدرہ قومی زبان کے دوست مجھے سال ہا سال سے اپنا ماہ نامہ " اخبارِ اردو " بھیجتے رہے ۔

پاکستانی دوستوں نے چین میں رہتے ہوئے مجھ سے سگے بھائیوں کی طرح محبت کی ۔ ۱۹۸۷ ء سے ۱۹۹۱ ء تک چین میں مقیم سفیرِ پاکستان اکرم ذکی صاحب قادر الکلام شاعر ہیں ۔ ان کے ذوقِ شاعری کی وجہ سے پاکستانی سفارت خانے میں اکثر محفلِ مشاعرہ ہوتی تھی اور ہر مشاعرے اور فنکشن میں مجھے مدعو کیا جاتا تھا ۔ سرکاری فرائض سے سبک دوش ہونے کے بعد جب بھی وہ چین تشریف لاتے عموماً مجھ سے ملتے یا کم از کم ٹیلیفون پر سلام کرتے ۔

حامد علی ہاشمی مرحوم نے " چین باتصوری " میں بحیثیت ماہرِ اردو پورے چار سال تک خدمات انجام دیں ۔ ہمارے درمیان برادرانہ آمد و رفت ہوتی تھی ۔ جب میں ۱۹۸۰ تا ۱۹۸۲ نیپل میں زیر تعلیم تھا تو وہ تقریباً ہر ماہ مجھ اپنے دولت خانے مدعو کرتے اور کھلاتے پلاتے تھے ۔

مشہور صحافی احفاظ الرحمان صاحب نے دو دفعہ چین تشریف لاکر بیجنگ کے غیر ملکی زبانوں کے اشاعت

گھر میں بحیثیت ِ ماہر ِ اردو خدمات انجام دیں اور چین میں سولہ سالہ قیام کے دوران کوئی ڈیڑھ سو چینی کتابوں کا اردو میں خوبصورت ترجمہ کیا ۔ ان کی بیگم محترمہ مہناز رحمان صاحبہ بھی نامور صحافی ہیں جنھوں نے احفاظ صاحب کے ساتھ چین میں رہنے کے دوران ماہ نامے " چین باتصویر " میں بحیثیت ِ مدیرہ خدمات انجام دیں اور فارغ وقت میں چین کے بارے میں کوئی ڈھائی سو مضامین اور رپورٹیں لکھ کر " جنگ " ، " اخبار جہاں " اور " امن " وغیرہ پاکستانی رسائل و اخبارات میں شائع کیں ۔ ان کی خدمات کے اعتراف میں حکومت ِ چین نے انہیں تمغہ ء دوستی پیش کیا ۔ احفاظ صاحب میرے جگری دوست ہیں اور اکثر مجھے اپنی گاڑی میں بٹھائے سیر کرنے ، دوستوں سے ملنے یا پاکستانی سفارت خانے میں منعقد ہونے والے مشاعرے پڑھنے کو نکلتے تھے ۔ وہ اتنے سچے دوست ہیں کہ ایک دفعہ موسلا دھار بارش میں میری بیٹی کو جو صوبہ ء سی چھوان میں واقع اپنی یونی ورسٹی جا رہی تھی ، اپنی گاڑی میں بٹھا کے ریلوے اسٹیشن تک پہنچا دیا ۔ جب ہم گاڑی سے اترے تو گھٹنوں گہرے پانی میں چلنا پڑا جس سے ان کے نئے جوتے تباہ و برباد ہو گئے ۔

مشہور نظم گو شاعر پروفیسر آفتاب اقبال شمیم جنھوں نے اردو شعر گوئی میں میری رہنمائی کی ہے ، چار دفعہ چین تشریف لائے اور بیجنگ یونیورسٹی میں اردو پڑھانے کے علاوہ ریڈیو چائنا انٹرنیشنل اور " چین باتصویر " میں بھی بحیثیت ِ ماہر ِ اردو خدمات انجام دیں ۔ چین کے بیشتر اردو دان ان کے شاگرد یا شاگردوں کے شاگرد ہیں ۔ جب بھی تنہائی سے بیزار ہوتے تو ضرور مجھے بذریعہ ء ٹیلی فون بلاتے کہ آو ، اپنا تازہ کلام سناو یا یہ کہ آو ، بازار سے ہو آئیں ۔

آفتاب صاحب اور احفاظ صاحب دونوں بے حد فیاض ہیں ۔ جب میری بیٹی کو میڈیکل یونی ورسٹی میں داخلہ ملا تو دونوں نے اپنا حق ِ بزرگی ادا کرتے ہوئے اسے نقدی ہدیہ ء تہنیت پیش کیا ۔

برکات صاحب نے طویل عرصے تک چائنا ریڈیو انٹرنیشنل میں بحیثیت ِ ماہر ِ اردو کام کیا ۔ ان کے حسن ِ کارکردگی کے اعتراف میں حکومت ِ چین نے انہیں تمغہ ء دوستی پیش کیا ۔ جب وہ جشن ِ بہار کے موقع پر ہمارے غریب خانے تشریف لاتے تھے تو ہمارے بچوں کو عیدی بھی دیتے تھے ۔

گو کہ میں نے چین پاک دوستی کے فروغ کے لئے کچھ نہیں کیا لیکن حکومت ِ پاکستان نے اس ضمن میں میری حوصلہ افزائی کے لئے ۱۹۹۳ء اور ۲۰۰۶ ء میں مجھے علی الترتیب تمغہ ِ پاکستان اور ستارہ ء قائد ِ اعظم

سے نوازا ۔

مجھے شدت سے محسوس ہو رہا ہے کہ مجھ سے پاکستانی حکومت اور ہر طبقے و حلقے کے پاکستانی عوام کی محبت بے لوث اور دل کی گہرائی سے نکلی ہے جو مجھے عمر بھر یاد رہے گی ۔ میں جانتا ہوں کہ وہ اس لئے مجھ سے محبت کرتے ہیں کہ میں چینی قوم کا ایک فرد ہوں ۔انہوں نے مجھ سے محبت کرکے چینی قوم سے محبت کی ہے ۔

میرا تجربہ اور مشاہدہ کہتا ہے کہ چین پاک دوستی دنیا کی سب سے عظیم ، سب سے پاکیزہ اور سب سے مظبوط بین الاقوامی دوستی ہے ۔ چونکہ اس کی جڑیں دونوں قوموں کے تمام افراد کے دلوں میں پیوست ہیں ، ان کے خون میں گھلی ہے اور ان کی رگوں میں بہتی ہے ۔اس لئے یہ بے شمار سنگین آزمائیشوں پر پوری اتر سکی ہے ۔ ایسی دوستی کی بنیاد پر استوار چین پاک تعلقات مختلف نظریات اور مختلف سماجی نظام کے حامل ممالک کے لئے پر امن اور دوستانہ بقائے باہمی کی شاندار مثال کی حیثیت رکھتے ہیں ۔یہی وجہ ہے کہ وہ نہ صرف چینی اور پاکستانی عوام کے لئے بیش بہا اثاثہ ہیں ، بلکہ بین الاقوامی برادری کے لئے بھی سبق آموز ہیں ۔

چین ۔ پاک دوستی زندہ باد !

后　记

历史见证：中华人民共和国的迅速崛起使世界惊讶不已。中国不仅是人口大国，而且居住在中国大地上的人们也伟大。他们以夜以继日的不倦劳动把自己的祖国装扮得如此伟大，致使地球上大多数有悟性的人都认为亚洲这个奇迹般的力量正在以未来地平线上的伟大力量的身份而腾飞。中国力量的真正源泉是其人民。

中国岂能不强大？她的劳动者头顶炎炎烈日，流血流汗，在荒山秃岭上搭起一片片绿色的帐篷，在它们浓密阴凉的包围中，不仅城市，而且农村也呈现着一派欢乐的幸福景象。中国勤劳的农民用血汗把贫瘠的荒野浇灌成肥沃的良田。他们播撒勤劳的种子，以自力更生之犁耕田，种植自给自足的庄稼而收获荣耀，他们赋予国家尊严的光环。中国姑娘用自己的劳动为家乡创造财富。中国青少年肩负着祖国的重托，怀抱着征服宇宙的理想，超越时代的界限，探索着新的希望，敲击着未来世纪的大门。

中国的伟大在于，她强大而不傲慢和暴戾。她说话的语气文明、温柔而庄重。她不认为力量就是真理，而要变真理为力量。她的行事方式不是盛气凌人的，而是友好亲善的。人道是她的标志，奋斗是她的信仰，仁爱是她的语言，朴素是她的标志，诚实是她的根本，纯真是她特有的品质。

当勇敢的中华民族得到了以足智多谋的周恩来为战友的毛泽东主席的英明领导，大自然对她的钟爱就成了她吉星高照的服饰。毛主席划时代的鼓舞人心的领导给自己的人民指出了一条大路：脚踏依靠自己的大地，占领养活自己的天空。英明的领导不仅教会人民战胜危机的本领，而且使他们懂得了战胜恶劣环境的哲学。中国的泥土散发着个人尊严与民族荣誉的精神的芳香，这泥土可做成万物，但无论如何不做乞讨的钵盂。万里长城是中华民族勤劳、勇敢和伟大的证据。勤劳使中国城乡集体富裕；正义与平等的制度保证人民分享国家赋予的果实，百姓地位得到了提高，繁荣季节的到来成了全中国各民族的命运。

中国不仅有自己独特的文化传统，而且在经济领域的无限才能使她成了世界上制造业的无冕之王。她把自己闲散的人力改造成有用的生产力，开始了出口领域的惊人之旅。她出口万物，唯独不出口压迫；她把支持被压迫者当作自己的首要义务；谴责世界上一切地方的侵略行径既是她的政治勇气，也是她人道主义的例证；她不播种仇恨的荆棘，而培育友爱的花朵。

中国是人道主义的旗手。她对传统友谊忠贞不渝。她与巴基斯坦的友谊已经变成了永恒而完美的关系。她是巴基斯坦人民安宁的保障之一。光辉友谊的六十年变成了一个光明的新时代照耀着巴中大地。这友谊比喜马拉雅山高，比海深，比蜜甜，比钢坚。

中国是巴基斯坦可以信赖的力量，而巴基斯坦则是中国坚定的支持者。就像任何不勤劳的人不能成为中国人一样，任何不爱中国的人称不上是巴基斯坦人。中国不是实用主义者，而是患难之交。巴基斯坦对中国这样伟大朋友的忠诚感到自豪。

中国不仅在经济领域取得了令人惊喜的发展，而且铺平了巴中友谊的大路，并在每一个里程碑上都点燃了互相尊重和忠贞不渝之灯。 中巴两国的每一寸土地都闪烁着这种友谊的光芒。

我时下旅居沙特阿拉伯的麦地那。正是在这座圣城，一千四百年前穆罕默德圣人提到了中国一词。这个词今天正在升腾为一个伟大的力量。以卡塔（一种类似汉语绝句的乌尔都语诗体）的形式讴歌中国的念头就产生于麦地那。我把这种历史的机遇称作美丽的偶然。我与中国不仅有文化之缘，而且有精神之缘。虽然我不懂中文，但我希望通过这本书，把我感情的蜜汁变成悦耳的歌唱给中国人民，变成花在他们的心与脑中散发芳香，变成星星在他们眼前闪闪发光，变成微笑传遍全中国，因为中国不仅是巴基斯坦的贸易伙伴，而且是她的捍卫者。作为巴基斯坦的伙伴，中国是她的幸福与繁荣的开路先锋，是她的勇气的源泉。我这些短诗不是对中国恩情的报答，而是感激之情的表达。

此书是以诗的语言与中国人民的充满崇敬之意的对话，

是爱的歌，是友善的书信，是对巴中友谊六十周年大庆的献礼。我相信，未来的时代也将是两国友谊的黄金时代，光明之旅必将继续下去。

祝巴中两国人民幸福！

哈立德·阿巴斯·阿萨迪

2011年10月22日于拉合尔

پس لفظ

تاریخ شاہد ہے کہ عوامی جمہوریہ چین نے اپنی تیز تریں ترقی سے اَقوامِ عالم کو وَرطۂ حیرت میں ڈال دیا ہے۔ چین کی آبادی ہی بڑی نہیں، اِس کے جغرافیے میں آباد لوگ بھی بڑے ہیں جنھوں نے اپنی اَن تھک شبانہ رُوز محنت سے اپنے وطن کو عظیم بنایا ـــ اِتنا عظیم کہ آج کرۂ اَرض کے بیشتر باشعور باشندے، ایشیا کی اِس معجزاتی قوّت کو مستقبل کے اُفق پر عظیم طاقت کے طور پر اُبھرتے دیکھ رہے ہیں۔ چین کی طاقت کا اصل سرچشمہ اِس کے عوام ہیں۔ چین طاقت وَر کیوں نہ ہو ـــ اِس کے مزدوروں نے دُھوپ سے اَٹی سخت چٹانوں پر اَپنے تیشۂ محنت سے سبزے کے ایسے شامیانے تخلیق کیے ہیں جن کی گھنی چھاؤں میں آج وہاں کے شہر ہی نہیں، دیہات بھی خوشحالی کے مہکتے مسکراتے منظر بن چکے ہیں۔

چین کے جفاکش کسانوں نے صَدیوں بنجر زمینوں کو اَپنے لہُو سے سیراب کر کے محنت کے بیج بوئے، خود اِنحصاری کے ہل چلائے، خود کفالت کی فصلیں اگا کر خودداری کی دولت سمیٹی اَور ملک کو باوَقار شان اَور پہچان عطا کی؛ وطن کی نوجوان بیٹیوں نے اپنی محنت کی مہندی کی مہکار سے اِس کے گلی کوچوں کو ثروت مَند کیا؛ نئی نسل عظمتِ چین کی امانت اپنے کاندھوں پر اُٹھائے تسخیرِ کائنات کے خواب سجائے فصیلِ وقت سے کہیں آگے نکل کر نئے اِمکانات کو دریافت کرتے ہوئے اگلی صَدیوں کے دروازوں پر دستک دے رہی ہے۔

چین کی عظمت ہے کہ یہ طاقت وَر ہونے کے باوجود متکبر اَور ظالم نہیں۔ اِس کے لہجے میں شائستگی، ملائمت اَور متانت ہے۔ یہ ملک طاقت کو سچ نہیں مانتا سچّائی کو طاقت بناتا ہے۔ اِس کا اَسلوب جارحانہ نہیں، دوستانہ ہے: اِنسانیت اِس کی پہچان، محنت اِس کا ایمان، محبّت اِس کی زبان، سادگی اِس کا لباس، ایمانداری اِس کی اَساس اَور سچّائی اِس کا وَصفِ خاص ہے۔

چین پر قدرت کی مہربانی اِس کی خوش بختی کی علامت اُس وقت بنی جب باہمت قوم کو چیئرمین ماؤزے تنگ کی دیدہ وَر قیادت اَور دانش وَر چُواین لائی کی رِفاقت نصیب ہوئی۔ اِس تاریخ ساز' ولولہ انگیز قیادت نے اپنے عوام کو خود اِنحصاری کی زمین پر چلنے اَور خود کفالت کے آسمانوں کو تسخیر کرنے کی راہ دِکھائی۔ جرأت مَند قیادت نے عوام کو نہ صرف بحرانوں سے لڑنے کے گُر سکھائے بلکہ حالات پر غالب آنے کا فلسفہ بھی سمجھایا۔ چین کی مٹّی میں عزّتِ نفس کی خُوشبو اَور جذبۂ قومی کی آبرُو شامل ہے: اِس مٹّی سے سب کچھ بنتا ہے مگر کشکول ہرگز نہیں بنتے۔ دیوارِ چین' چینی قوم کی محنت' حوصلے اَور عظمت کی دلیل ہے۔ اِس کے گلی کوچوں میں محنت کی بنیاد پر اِجتماعی ترقی ہُوئی؛ عدل و مُساوات پر مبنی نظام کی بدولت قومی دولت کے ثمرات عوام تک پہنچے اَور عام آدمی کے درجات بلند ہوئے' اَور خوشحالی کا موسم پورے چین کا مقدّر بن گیا۔

جہاں چین اپنی منفرد ثقافتی روایات کا نمائندہ ہے' وہیں تجارت کے مَیدان میں بے پناہ صلاحیتوں نے اِسے عالمی پیداواری سلطنت کا بے تاج بادشاہ بنا دیا ہے۔ اِس نے اپنی بکھری ہُوئی افرادی قوّت کو کارآمد پیداواری طاقت میں تبدیل کر کے' برآمدات کی دُنیا کا حیرت انگیز سفر شروع کیا۔ یہ ملک ہر چیز برآمد کرتا ہے مگر ظلم برآمد نہیں کرتا؛ مظلوم کی حمایت کرنا اپنا فرضِ اوّلیں سمجھتا ہے؛ دُنیا بھر میں کہیں بھی ہونے والی جارحیّت کی مذمّت کرنا اِس کی سیاسی بسالت ہے جو اِس کی اِنسان دوستی کی عمدہ مثال ہے۔ چین نفرتوں کے کانٹے بونے کے بجائے' محبّت کے پھُول تقسیم کرتا ہے۔

چین' اِنسانیت کا علم بردار اَور اَپنی روایتی دوستی میں وَفا شعار ہے۔ پاکستان سے اِس کی دوستی لازوال راستوں اَور باکمال رابطوں میں بدل چکی ہے۔ چین پاکستانیوں کے لیے چَین کا باعث ہے۔ تابندہ دوستی کے پچھلے ساٹھ ۶۰ سال روشنی کا نیا زمانہ بن کر پاکستان اَور چین میں جگمگا رہے ہیں۔ یہ دوستی شہد سے میٹھی' ہمالہ سے اُونچی' سمندروں سے گہری اَور فولاد سے مضبوط تر ہے۔

چین' پاکستان کی بااعتماد طاقت اَور پاکستان' چین کی بھرپور حمایت کا نمائندہ ہے۔ جس طرح محنت نہ کرنے والا شخص چینی نہیں ہوسکتا' اُسی طرح چین سے محبّت نہ کرنے والا فرد پاکستانی نہیں کہلا سکتا۔ پاکستان اَور چین کی باہمی دوستی کی گہرائی کا اَندازہ اِس بات سے لگایا جاسکتا ہے:

> جب ایک امریکی عہدیدار نے چینی سفارت کار سے پوچھا کہ چین پاکستان کی غیر مشروط اَور غیر متزلزل حمایت کیوں کرتا ہے تو چینی سفارت کار نے برجستہ کہا کہ پاکستان ہمارا اِسرائیل ہے۔

مطلب یہ کہ جس طرح امریکہ اِسرائیل کی حمایت' وکالت اَور کفالت کرتا ہے' اُسی طرح چین بھی پاکستان کے

مفادات کا خیال رکھتا ہے۔ پاکستان کو چین جیسے عظیم دوست کی وفاداری پر فخر ہے۔ چین نظریۂ ضرورت کا نہیں، ہر لمحۂ احتیاج کا رفیق ہے۔

جہاں چین نے معاشی مَیدان میں حیرت انگیز ترقی کی منازِل طے کی ہیں، وہیں اِس نے پاک چین دوستی کی شاہراہوں کو مضبوط کیا ہے اَور ہر ثقافتی سنگِ میل پر باہمی احترام اَور وفاداری کے چراغ روشن کیے ہیں ــــ اِس دوستی سے دونوں ملکوں کا ذرّہ ذرّہ چمک رہا ہے۔

میں آج کل مدینہ منوّرہ (سعودی عرب) میں مقیم ہوں۔ یہ وہی شہرِ مقدّس ہے جہاں لفظِ چین، چودہ[14] سَو سال پہلے پیغمبرِ آخرُ الزّماں حضرت محمدؐ کی زبانِ اَقدس پر آیا تھا۔ رسولِ اکرمؐ کی زبان پر آنے والا یہ لفظ آج عظیم قوّت بن کر اُبھر رہا ہے۔ چین پر قطعات لکھنے کا خیال مجھے اِسی شہر میں آیا۔ میں اِس تاریخی اِتفاق کو حُسنِ اِتفاق کا نام دیتا ہوں۔ چین سے میرا ثقافتی رِشتہ ہی نہیں، رُوحانی واسطہ بھی ہے۔ میں چینی زبان نہیں جانتا مگر دِلی تمنّا ہے کہ اِس کتاب کی بدولت میرے جذبوں کی مٹھاس چینی عوام کے کانوں میں رس گھولے؛ پھُول بن کر چینیوں کے قلب و ذہن کو مہکا دے؛ سِتارے بن کر اُن کی آنکھوں کو چمکا دے اَور اِن الفاظ کی خوشبو مسکراہٹ بن کر پورے چین کے وجود میں پھیل جائے کہ اِس کی حمایت پاکستان کے لیے تجارتی نہیں، حفاظتی ہے۔ چین پاکستان کا اَیسا ساتھی ہے جو اِس کے لیے خوشیوں اَور خوشحالی کا نقیب ہے: چین، پاکستان کا حوصلہ ہے۔ میرے یہ قطعات چین کے احسانوں کا بدل تو نہیں مگر اِظہارِ تشکّر ضرور ہیں۔

بزبانِ اشعار یہ کتاب، چینی عوام سے عقیدت بھرا خطاب ہے؛ محبت کا ترانہ اَور خیر سگالی کا سندیسہ ہے ــــ ہدیۂ تبریک ہے، پاک چین دوستی کے ساٹھ[60] سالہ جشن پر! مجھے یقین ہے کہ آنے والا دَور بھی دونوں ملکوں کی دوستی کا سنہری زمانہ قرار پائے گا ــــ روشنی کا یہ سفر جاری رہے گا۔

کتاب کی اِشاعت میں میری ہمشیرہ محترمہ شوکت آرا عبدالمتین کا بھرپور تعاون اُن کے شکریے کا مستحق ہے۔ ہمیشہ کی طرح میری بیگم لیاقت آرا، بچوں طاہر، طاہرہ، فاطمہ اَور مبشر نے اپنے حصے کا وقت اِس کتاب کے لیے وقف کر کے، پاک چین دوستی کے رِشتے کو خراجِ عقیدت پیش کیا ہے۔ اِس کتاب کی تیاری میں جناب ظفرالدین محمود کا قلبی تعاون میرے لیے باعثِ فخر ہے۔ جناب سجاد بابر کی رہنمائی کے بغیر اِس کتاب کی موجودہ صورت گری ناممکن تھی۔ جناب ساجد یوسفائی، CEO، پاک چائنہ بیورو نے حوصلہ افزائی فرمائی ــــ اُن کے لیے دُعائیں، میرے لیے مدینہ منوّرہ میں قرض ہیں۔ جناب سید مجاہد اَور صفورہ بخاری کا

ہر قدم میری جانب اُٹھا' اُن کے لیے حرفِ تشکّر لکھتا ہوں۔

مسٹر سٹیوشن فین چی اَور اُن کی بیگم مرحومہ ین یُن چی' پاکستان میں پاک چین دوستی کی علامت ہیں۔ مسٹر سٹیو نے چین پر قطعات سُن کر جن والہانہ جذبات کا اِظہار کیا' اُن کا بیان الفاظ میں ناممکن ہے۔ اہلِ پاکستان کو ایسے چینی دوستوں پر فخر ہے۔

ہانگ کانگ میں برادرم عابد علی بیگ اَور محترم شہزادہ سلیم کی حوصلہ افزائی' میری طاقت بن گئی۔ میں اُن کے کرم کے سمندر کی لہروں پر اُن کے لیے محبّت کے قلم سے دُعائیں لکھتا ہوں۔

آخر میں پاکستان اَور چین کے عوام کی خوشحالی کے لیے نیک تمنّائیں!!

ڈاکٹر خالد عباس الاسدی

لاہور' پاکستان

۲۲ / اکتوبر ۲۰۱۱ء

作者的致谢词

圣洁的“中国”一词最早于一千四百年前出于穆圣之口。他圣洁的思想启迪了创作这本乌尔都语诗集《巴中友谊颂》的想法。对此书的翻译将成为因迪哈布·阿拉姆先生历史性的荣誉。我认为，他对中巴友谊所做出的这个伟大贡献堪称神圣之举，因为他翻译了这本书就把自己与一千四百年前就提到今天的强国——中国的穆圣联系在一起了。

我衷心感激巴基斯坦前驻吉大总领事阿卜杜尔·萨利克·汗先生。他用敏锐的目光为这本书的中文翻译选择了这位巴基斯坦的与世无争的真正朋友。因迪哈布·阿拉姆先生的翻译使这本简单的小书放射出照亮世界的光芒。我，麦地那的一位苦行僧，全心全意为萨利克兄弟祈福。

尊敬的白玫瑰（周袁）女士是因迪哈布·阿拉姆先生的高足弟子。这本书散发着芳香的字句的编排后面隐藏着她白玫瑰般嫩指的奇迹。希望这位和平的白玫瑰之女将成为未来都城中比蜜还甜的使者。未来明亮的天空在等待着她。

在本书的出版方面，巴基斯坦驻香港的上校沙赫扎德·萨利姆先生的慷慨帮助和尊敬的阿里·柏格先生的主动安排，在当今好人难觅的岁月里，堪称友谊历史上的浓重一笔。为了此书的翻译与出版，阿里·柏格兄弟穿梭于麦地那、香港和拉合尔之间，圆满地完成了任务。我的每一口气息都在为他祈福。

我为“纸裳”出版社编辑沙希德·谢达义先生祈福。他不仅是一位著名诗人、散文家和文学评论家，还是一家出版社的负责人。我经常得到他的鼓励与指导。

我的三岁的小外孙马哈德·本·阿里·赛义德是巴中友谊的小旗手。他用稚嫩的唇为有着玫瑰一样美丽脸庞的中国少年祈福，希望新一代将巴中友谊带向星辰之外。

最后，我再一次向巴基斯坦的伟大朋友和人人喜爱的因迪哈布·阿拉姆先生表达衷心的感谢。由于对此书的翻译，他的名字将被载入巴中友谊的史册。此书的每一个字母都在为他祈福，译文的每个字符都在为他祈福。

哈立德·阿巴斯·阿萨迪

2013年10月14日 写于麦地那

چین کا پاکیزہ لفظ مدینۃ النبیؐ میں صاحبُ البیان فصیح اللسان اَور مطہرُ الجنان حضرت محمدؐ کی زبانِ اَقدس پر چودہ سو سال پہلے آیا تھا۔ یہی وُہ فکرِ تطہیر تھی جو پاک چین دوستی کی اِس اُردو کتاب کی تالیف کا نقطۂ آغاز ٹھہری۔ ترجمے کے لیے معروف چینی شاعر، انتخاب عالم (Zhang Shixuan) کا اِنتخاب اُن کے اِعزازات میں ایک تاریخی اِضافہ ہے۔ میرا وِجدان کہتا ہے کہ دوستی کے باب میں اُن کا یہ معرکہ آرا کام' ایک مقدّس صحیفے کا رُوپ دھار لے گا کہ اُنھوں نے یہ اِلہامی ترجمہ کر کے' خود کو پیغمبرِ اعظمؐ کی ذاتِ مُبارکہ سے جوڑ لیا ہے جن کے نطق پر صدیوں پہلے موجودہ طاقتِ عظیم' چین کا نام آیا تھا۔

میں سراپا تشکر ہُوں سابق قونصل جنرل جدّہ' جناب عبدالسّالک خان کا' جن کی نگاہِ سالک نے اُردو سے اِس کتاب کے چینی زبان میں ترجمے کے لیے اِس دَرویش صِفت چینی شاعر کا انتخاب کیا جو پاکستان کے سچّے رفیق ہیں۔ عالم صاحب کے ترجمے کی روشن کرِنوں نے اِس سادہ سی کتاب کو عالَم تاب بنا دیا ہے۔ فقیرِ مدینہ' اپنے سالک بھائی کے لیے زمینِ مدینہ پر دُعاؤں کی چادر بچھا رہا ہے۔

محترمہ نسرین صاحبہ (چویوان) انتخاب عالم کی شاگردۂ عزیز ہیں۔ اِس ترجمے کے بکھرے بکھرے' مہکتے لفظوں کی تدوین و تہذیب کے پیچھے اُن کے دستِ گُلِ نسرین کی مُعجز نمائی شامل ہے۔ اُمید ہے' اَمن کے سفید پھولوں کی یہ بیٹی' دونوں ملکوں کی آئندہ نسلوں کے دارالحکومتوں میں شہد سے بھی میٹھی سفیرہ ثابت ہوں گی۔ مستقبل کے روشن آفاق رفاقت اُن کے منتظر ہیں۔

اِس کتاب کے اِشاعتی پس منظر میں ہانگ کانگ میں مقیم کیپٹن شہزاد سلیم کا فیاضانہ اِکرام اَور مکرم علی بیگ کا رضا کارانہ اہتمام' قحطُ الرّجال کے اِس دَور میں کتاب دوستی کی تاریخ کا عنوانِ عظیم ہے۔ برادرِ عزیز عابد علی بیگ نے کتاب کی اِشاعت اَور ترجمے کی مُسافت کے دوران میں مدینہ منوّرہ' ہانگ کانگ' بیجنگ اَور لاہور کے درمیان مستقل کوارڈینیٹر کا فریضہ بڑی خوش دِلی اَور خوش اسلوبی سے انجام دیا: اُن کے لیے دُعاؤں کا سلسلہ میری سانسوں کی ڈوری سے بندھا نہیں' جُڑا ہُوا ہے۔

میں دُعاگو ہُوں مدیرِ کاغذی پیرہن' شاہد شیدائی کے لیے جو معروف شاعر' انشائیہ نگار اَور اَدبی نقّاد ہونے کے ساتھ ساتھ ایک اِشاعتی اِدارے کے سربراہ بھی ہیں: اُنھوں نے ہمیشہ میری حوصلہ افزائی اَور رہنمائی فرمائی ہے۔

میرا تین۳ سالہ نواسہ' مہد بن علی سیّد' پاک چین دوستی کا ننھا علَم بردار ہے۔ وہ اپنے متبسم لبوں کی محراب سے عظیم چین کے گلاب چہرہ نونہالوں کے لیے اِس اُمید پر معصوم دُعائیں بھیج رہا ہے کہ کل کی نئی نسلیں' سِتاروں سے بھی آگے پاک چین دوستی کا جہان آباد کریں گی۔

آخر میں' ایک مرتبہ پھر میں دِل کی گہرائیوں سے پاکستان کے عظیم دوست اَور سب کے پیارے انتخاب عالم کا شکریہ اَدا کرتا ہُوں۔ اِس ترجمے کے لیے اُنھیں پاک چین دوستی کی تاریخ میں ہمیشہ یاد رکھا جائے گا۔ کتاب کا ایک ایک حرف اُنھیں دُعائیں دے رہا ہے اَور ترجمے کا ایک ایک لفظ اِس پر آمین کہہ رہا ہے۔

ڈاکٹر خالد عبّاس الاسدی

مدینہ منوّرہ ۱۴/ اکتوبر ۲۰۱۳ء

作者简介

作者像

姓名：哈立德·阿巴斯·阿萨迪

国籍：巴基斯坦

学历：医学学士（开罗）

热带医学与卫生文凭（DTM&H）

职业：医生

著作：《穆罕默德·伊克巴尔》（阿拉伯语）

《技艺的财富》（乌尔都语诗集）

《封印使者的麦地那》

《礼之殿堂》（乌尔都语诗集）

《时时刻刻念穆圣》（乌尔都语诗集）

《巴中友谊颂》（乌尔都语诗集）

荣誉：NPH 金质奖章

全国品德奖 2003 年

全国品德奖 2007 年

نام

ڈاکٹر خالد عباس اُلاسدی

ولدیت

الحاج تاج محمد ہاشمی

تعلیم

ایم بی بی ایس (قاہرہ)

ڈی ٹی ایم اینڈ ایچ

ملازمت

سابق فزیشن

مسجدِ نبویؐ توسیعی پراجیکٹ

تصنیفات

محمد اقبال (عربی)

متاعِ ہُنر (غزل)

مدینۃُ النبیؐ (کل اور آج)

بارگاہِ اَدب (نعت)

دھڑکن دھڑکن صلِ علیٰ (نعت)

پاک چین دوستی (قطعات)

اعزازات

گولڈ میڈلسٹ NPH

قومی سیرت ایوارڈ، ۲۰۰۳ء

قومی سیرت ایوارڈ، ۲۰۰۷ء

چیف کوارڈینیٹر

نظریۂ پاکستان مشرقِ وسطیٰ

چیف پیٹرن

پاکستان ویلفیئر ایسوسی ایشن

مدینہ منورہ

چیف پیٹرن (سابق)

مدینہ کرکٹ کمیٹی، مدینہ منورہ

مشاغل

عالمی اَدب، اقبالیات

تاریخ، خطاطی، خطابت

اور نظامت

译者简介

姓名：张世选

乌尔都语笔名：阿拉姆

民族：汉

出生年月：1940 年 5 月

籍贯：中国，山西

学历：新闻学士，乌尔都语学士，高级乌尔都语进修结业

职称：译审

职业：翻译，撰稿，教学（退休后）

职务：《人民画报》原编委，《中国画报》乌尔都语组原组长，退休后曾任中国传媒大学与北京外国语大学客座教授

著作：《痴情曲》（乌尔都语诗集）

翻译：

1. 乌译汉：《Ovation to China》（诗集）；《外国抒情诗赏析词典》（乌尔都部分）；《巴中友谊颂》(诗集)；《请您微笑》（巴基斯坦电影歌曲集）；《巴基斯坦民族歌曲》

2. 汉译乌：《茉莉花集》（诗集）；《汉语图解小词典》；《中国画报》350 余期的四分之一稿件

编写：《乌尔都语诗歌韵律》（乌尔都语教材）；《高级阅读》（乌尔都语教材）；《巴基斯坦常识》（乌尔都语教材）。

审读与修改：《乌尔都语基础教程》（第一至四册）；《汉语图解词典》。

散作：一些汉语诗作、散文、论文及报道见于报端、刊物及书籍中

荣誉：“巴基斯坦奖章”（巴基斯坦政府授）；“伟大领袖之星奖章”（巴基斯坦政府授）；“萨利姆·加弗里奖”（多哈与迪拜乌尔都语文学发展组织授）；“乌尔都语的骄傲奖”（洛杉矶乌尔都语中心授）；特殊贡献专家津贴（中国国务院授）；资深翻译家称号（中国翻译工作者协会授）。

مترجم کا مختصر تعارف

نام: چانگ شی شوان (انتخاب عالم) ۔

تخلص: عالم ۔

قومیت: چینی ۔

پیدائش: ۱۹۴۰ء، بمقام صوبۂ شان شی، چین ۔

تعلیم: بی اے اردو، بی اے صحافت، ایڈوانسڈ اردو سرٹیفکیٹ ۔

پیشہ ورانہ ذمہ داریاں: ٹرانسلیشن ریویوئر "(پروفیسر)، "چائنا پکٹوریل" کا رکن مجلس ادارت و صدر شعبہ اردو اور دو یونیورسٹیوں میں گیسٹ پروفیسر رہا ۔

ملازمت: ترجمہ، مضمون نویسی اور تعلیم (ریٹائرمنٹ کے بعد) ۔

تصنیف: "گلبانگ وفا" (شعری مجموعہ) ۔

تراجم: (۱) اردو سے چینی میں ترجمہ: <<Ovation to China>> (شعری مجموعہ)؛ "پاک چین دوستی" (شعری مجموعہ)؛ "غیر ملکی غنائی شاعری" (حصۂ اردو)؛ "مہربانی کر کے مسکرائیے" (پاکستان کے فلمی گیت)؛ "پاکستان کے قومی نغمے" ۔

(۲) چینی سے اردو میں ترجمہ: "یاسمین" (شعری مجموعہ)؛ "میری ننھی باتصویر چینی-اردو لغت"؛ "اردو ماہنامے "چین باتصویر" کے تقریباً ۳۵۰ شماروں میں شائع شدہ مضامین کا کوئی چوتھا حصہ ۔

ترتیب و تالیف: "اردو کا عروض" (نصابی کتاب)؛ "منتخب ادب پارے" (اردو کی نصابی کتاب)؛ "معلومات پاکستان" (اردو کی نصابی کتاب) ۔

نظر ثانی: "اردو کی نصاب" (پہلی، دوسری، تیسری اور چوتھی کتاب)؛ "میری باتصویر چینی اردو لغت" ۔

متفرقات: کچھ چینی نظمیں و مضامین چینی اخباروں، رسالوں اور کتابوں میں شائع ہوئے ۔

اعزازات: "تمغۂ پاکستان"، "تمغہ ستارہ ء قائد اعظم"، "سلیم جعفری ایوارڈ"، "فخر اردو ایوارڈ"، "سینیئر ماہر ترجمہ" کا خطاب، غیر معمولی خدمات انجام دہندہ ماہرین کے لئے مخصوص سرکاری الاونس ۔

附录：

中国华夏文化遗产基金会
为中巴友谊再架五彩桥

新中国成立后，毛泽东、周恩来、刘少奇、邓小平、李先念、陈毅、贺龙、耿飚等前辈，同巴领导人一起开创了中国与巴基斯坦两国人民友谊的新纪元。

中国华夏文化遗产基金会作为“民间大使”，长期以来致力于中巴文化交流，承传着搭建民间往来的友谊桥梁。

2011 年—2015 年，基金会先后成功举办了“东方之韵—中巴友好文化交流”活动；向巴驻华使馆国际学校捐赠英语版《中华遗产》杂志、学习用品及医疗设备；与巴基斯坦旁遮普省政府签署“医护人员培训项目合作备忘录”,并圆满完成对首批十八位医护人员的培训;进行了“中巴文化走廊”项目考察，确立了继续开展“东方之韵”文化交流、“医护人员培训合作”项目、“公益捐赠”项目，并在拓展“汉语言培训”项目、寻求“互联网科技领域交流合作”等事宜方面积极把握机遇，达成共识。

2016 年是中巴建交六十五周年。7 月 26 日，基金会与巴驻华使馆在国家大剧院联合举办了“庆祝中巴建交——巴基斯坦艺术家访华文艺演出”晚会。

现在，为促进中巴人民友谊，基金会资助巴基斯坦著名诗人哈立德·阿巴斯·阿萨迪出版热情歌颂巴中友谊的诗集《巴中友谊颂》中文版，作为一份薄礼，献给热心支持、关注中巴友谊的人士，以及潜心研究、传播中巴文化的学者们！

谨以此书向中巴建交六十五周年献礼！

中国华夏文化遗产基金会理事长　耿静

2016年11月20日

ضمیمہ

چینی ہوا شیا ثقافتی ورثہ فاؤنڈیشن کے ہاتھوں

چین-پاک دوستی کے نئے رنگین پل کی تعمیر

گینگ جینگ ،چینی ہوا شیا ثقافتی ورثہ فاؤنڈیشن کی ڈائریکٹر

نئے چین کے قیام کے عمل میں آنے کے بعد ، پہلی نسل کے چینی رہنماوں چیرمین ماو زے تنگ ، وزیر اعظم چو این لائی، چیرمین لی شیانیان، نائب وزرائے اعظم چن ای، ے لونگ اور گینگ بیاو وغیرہ نے پاکستانی لیڈروں کے ساتھ چینی اور پاکستانی عوام کی دوستی کے نئے زمانے کا آغاز کیا۔

چینی ہوا شیا ثقافتی ورثہ فاؤنڈیشن دونون ملکوں کے عوام کے درمیان دوستی کا پل تعمیر کرنے کے فرائض کو ورثے میں پاکر عرصہ ء دراز سے " عوامی سفیر "کی حیثیت سے چینی و پاکستانی ثقافتی تبادلے کےذریعے انجام دے رہی ہے۔

۲۰۱۱ء سے ۲۰۱۵ء تک مذکورہ فاؤنڈیشن نے اس سلسلے میں جو خدمات انجام دیں ان میں سے مندرجہ ذیل کوششیں قابل ذکر ہیں : تقریبات " رنگ وآہنگ مشرق -چینی و پاکستانی ثقافتی تبادلہ " منعقد کی گئیں، پاکستان ایمبیسی کالج بیجنگ کوبطور تحفہ رسالہ "چینی ورثہ" کا انگریزی ایڈیشن ، پڑھنے لکھنے کے لوازمات اور طبی ساز و سامان پیش کیا ،پاکستان کے صوبہ ءپنجاب کی حکومت کے ساتھ "طبی افراد کی تربیت کے پروگراموں میں باہمی اشتراک وتعاون کی یاد داشت " پر دستخط کئے اور ۱۸ افراد پر مشتمل پہلے گروپ کی تربیت مکمل کی، " چین-پاک ثقافتی کوریڈور " کے پروگراموں کے متعلق تحقیقات کی، "رنگ وآہنگ مشرق "نامی ثقافتی تبادلے جاری رکھنے کا فیصلہ کیا، "طبی افراد کی تربیت میں باہمی اشتراک و تعاون "اور " بہبودی عطیہ " کے نئے پروگرام بنائے۔ علاوہ ازیں مذکورہ فاؤنڈیشن اور متعلقہ پاکستانی اداروں میں پاکستان میں "ہان زبان کی تعلیم و تربیت" کے پروگراموں کی توسیع اور " انٹرنیٹ ٹیکنالوجی" کے میدان میں تبادلہ و تعاون وغیرہ امورکے بارے میں اتفاق رائے بھی پایا گیا۔

سال رواں چین اور پاکستان کے درمیان سفارتی تعلقات کے قیام کی پینسٹھویں سالگرہ منائی جارہی ہے۔اس

سلسلے میں ۲۶ جولائی کو فاؤنڈیشن اور پاکستانی سفارت خانے نے مشترکہ طور پر ایک پرفامینس منعقد کیا جس میں بہت سارے پاکستانی فنکاروں نے بیجنگ کے چینی نیشنل تھیٹر میں پرفارمینس پیش کیے۔

چینی اور پاکستانی عوام کے درمیان دوستی کو فروغ دینے کے لیے ہمارا فاؤنڈیشن ڈاکٹر خالد عباس الاسدی کی کتاب پاک چین دوستی کے چینی ایڈیشن کی اشاعت کی کفالت کرے گا۔ یہ کتاب ان دوستوں کی نذر ایک تحفہ ہے جو سرگرمی سے چین پاک دوستی کی حمایت کرتے ہوں، چین پاک دوستی کا خیال رکھتے ہوں یا چینی و پاکستانی ثقافتوں پر تحقیق اور اس کی ترویج کرنے والے سکالرز ہوں۔

چین میں اس کتاب کی اشاعت ہمارے فاؤنڈیشن کی طرف سے چین-پاک سفارتی تعلقات کی پینسٹھویں سالگرہ کو پیش کیا جانے والا ایک نذرانہ ہے۔

1956 年 12 月，周恩来总理（前排左六）、贺龙副总理（前排左八）、耿飚大使（后排左一）与各界友好人士合影

دسمبر۱۹۵۶ء میں وزیر اعظم چو این لائی (اگلی قطار میں بائیں سے چھٹے)، نائب وزیر اعظم ح لونگ (اگلی قطار میں بائیں سے آٹھویں) ، اور سفیر گینگ پیاو (پچھلی قطار میں بائیں سے پہلے) پاکستانی دوستوں کے ساتھ

1978 年 6 月，耿飚副总理作为中国特使率政府代表团赴巴参加中巴公路竣工典礼。图为耿飚特使与巴首席执行官齐亚·哈克将军共植中巴“友谊树”

جون ۱۹۷۸ء میں نائب وزیر اعظم گینگ بیاو نے چینی حکومت کے خصوصی سفیر کی حیثیت سے سرکاری وفد لے کر چین پاک شاہراہ کی تقریبِ تکمیل میں حصہ لیا۔ تصویر میں وہ پاکستان کے چیف ایڈمنسٹریٹر جنرل ضیاالحق کے ساتھ شجرِ دوستی لگارہے ہیں۔

2011 年 10 月 24 日—30 日，基金会举办“东方之韵—巴基斯坦行”画展。图为耿莹、耿焱为中巴“友谊树”浇水培土

۲۴ تا ۳۰ اکتوبر ۲۰۱۱ء میں فاؤنڈیشن نے "رنگ وآہنگِ مشرق— سفرِ پاکستان" نامی ثقافتی تبادلہ کے سلسلے میں تصویری نمائش منعقد کی۔ تصویر میں مادام گینگ اینگ اور مادام گینگ یان شجرِ دوستی کو پانی دے رہی ہیں۔

由中国非物质文化遗产传承人现场展示鼻烟壶、京剧脸谱、风筝、绢人等作品制作工艺，引起了青少年的极大兴趣

چینی غیر مادی ثقافتی ورثہ کے وارث موقع پر نسوار دانیاں، پیکنگ اوپیرا کے نقاب، پتنگ اور ریشمی گڑیاں وغیرہ بنا رہے ہیں جس سے پاکستانی بچوں اور نوجوانوں نے بڑی دلچسپی کا اظہار کیا۔

风筝传承人展示制作工艺

پتنگ سازی کے فن کا ایک وارث پتنگ بنا رہا ہے۔

2015 年 5 月 22 日—6 月 19 日第一期巴基斯坦医务护理人员培训班结业

۲۲ مئی تا ۱۹ جون ۲۰۱۵ء پاکستانی طبی کارکنوں کی تربیت کا پہلا کورس کیا گیا۔ تصویر: گریجویشن کی تقریب۔

2016 年 3 月 28 日—4 月 22 日，由中国华夏文化遗产基金会理事长耿静带领的代表团抵达巴开展为期九天的“中巴文化走廊”考察活动。图为耿静理事长和巴中经济走廊协会主席 Muhanmad 参议员共同签署协议

۲۸ مارچ تا ۲۲ اپریل ۲۰۱۶ء ڈائریکٹر محترمہ گینگ جینگ کے زیر قیادت چینی ہوا شیا ثقافتی ورثہ فاؤنڈیشن کے وفد نے پاکستان کا دورہ کیا اور چین پاک ثقافتی راہداری کے بارے میں نو روزہ تحقیقات کی۔ تصویر میں محترمہ گینگ جینگ پاکستان- چین اقتصادی راہداری کی ایسو سی ایشن کے چیرمین، سینٹر محمود کے ساتھ معاہدے پر دستخط کر رہی ہیں۔

2016 年 5 月 18 日耿莹会长应邀出席中巴建交六十五周年招待会，同巴参议院国防委员会主席、巴中学会主席穆夏希德·侯赛因（中）、外交部亚洲司副司长黄溪连（左）在一起

۱۸ مئی ۲۰۱۶ ء کو محترمہ گینگ اینگ نے چین پاک سفارتی تعلقات کے قیام کی ۶۵ویں سالگرہ کی محفل میں شرکت کی۔ تصویر: محترمہ گینگ اینگ پاکستانی سینیٹ کے نیشنل ڈفنس کمیشن کے چیرمین، پاکستان چائنا انسٹی ٹیوٹ کے چیرمین جناب مشاہد حسین (درمیان میں اور چینی وزارت خارجہ کے محکمہ ء امورِ ایشیا کے نائب سربراہ جناب ہوانگ شی لیان (بائیں) کے ساتھ۔

2016 年 7 月 26 日在北京举行庆祝中巴建交六十五周年文艺演出，耿静理事长会见来访艺术家

۲۶جولائی ۲۰۱۶ء کوچین پاک سفارتی تعلقات کے قیام کی ۶۵ویں سالگرہ کے موقع پر پرفارمینس کا اہتمام کیا گیا۔تصویر:فاؤنڈیشن کی ڈائریکٹر محترمہ گینگ جینگ پاکستانی فنکاروں کے ساتھ۔